JOGADA RABUGENTA

MISHA BELL

♠ MOZAIKA PUBLICATIONS ♠

e-ISBN: 979-8-89796-051-4
Print ISBN: 979-8-89796-052-1

CAPÍTULO 1
CALLIOPE

Olho fixamente para o espelho do banheiro. Os olhos insanos de um híbrido de palhaço assassino/urso de pelúcia me encaram por baixo de óculos vermelhos gigantes.

— Tudo bem, Calliope — digo a mim mesma. — Hora de entrar na personagem. — Franzindo a testa, rosno: — Homem-urso bravo. Homem-urso quer mel – o doce néctar, o cocô da abelha, não o Pupuzinho de seios grandes. Rugindo. Agora, Homem-urso quer um pedaço da bunda do Pupuzinho.

Debaixo da cabeça do urso-palhaço, os dedinhos do pé de Wolfgang massageiam meu couro cabeludo de forma tranquilizadora. Pego um biscoitinho de rato do bolso da minha calça jeans e o enfio na cabeça da minha fantasia.

Sim, trouxe um dos meus ratos de estimação para este novo trabalho. Não, não aprendi a lição, nem mesmo depois de ser banida de todos os parques temáticos de Orlando por ser pega com um rato na mão.

Mas como eu poderia não deixar Wolfgang vir junto? Ele fica com uma ansiedade de separação terrível sempre que saio sem ele.

Um vaso sanitário dá descarga, o que interpreto como minha deixa para sair do banheiro e ir em busca do rinque de gelo.

Onde quer que seja.

Talvez eu devesse ter perguntado à moça do RH? Ou ao Treinador?

Esta arena é enorme, muito maior do que eu imaginava que um time de hóquei da Flórida teria. Ando por um corredor após o outro antes de encontrar um cara musculoso que me lembra um canguru.

— Com licença — digo —, para onde fica a pista de gelo?

Ele me diz, mas quando sigo suas instruções, acabo em uma sala com cheiro de cloro, onde a água ainda está em forma líquida.

— Você acha que pistas de gelo são piscinas quando não estão suficientemente frias? — pergunto a Wolfgang.

Como sempre, consigo imaginar sua resposta. Vem em um tom professoral com um forte sotaque alemão:

Meine Liebe, a energia necessária para congelar um corpo de água tão grande seria astronômica. Essa eletricidade seria muito melhor gasta operando bombas conectadas a um milhão de tetas de vaca para que o leite resultante pudesse ser transformado em um bilhão de alegres cubos de cheddar.

Eu suspiro. Parece que eu vou ter que pegar meu telefone e ligar para...

Eu ouço uma matilha de hienas atrás de mim?

— Sr. Bloom! — Alguém grita antes que eu possa me virar. — Você está pronto para nadar?

Sr. Bloom?

Espere um segundo. Esse é o nome da mascote, o que significa...

Alguém me empurra por trás.

Merda. Meus braços peludos se agitam como os de um espantalho em um furacão, e então eu caio direto na piscina.

Splash.

Com a adrenalina subindo, eu arranco a cabeça de urso de mim para ter certeza de que Wolfgang pode nadar livremente. Então eu cuspo a água nojenta da piscina que entrou na minha boca.

— Que porra é essa? — diz uma voz ameaçadora e rosnada da terra firme. — Esse não é Ted.

Ele quer dizer o cara que eu substituí? Todos aqui não deveriam saber que ele está desaparecido? Mas talvez não. O Treinador me fez jurar segredo.

Há um grande respingo, e então um braço grande e peludo envolve minha cintura debaixo d'água.

Certo. Isso é um resgate. Graças a Deus.

Pego Wolfgang de onde ele está lutando para se

manter à tona e deixo o dono do braço me arrastar para fora da piscina e me colocar de pé.

— Ela está pingando para todo lado. Tirem-na do traje — diz o cara com aparência de canguru que me enganou com as instruções. Ele é um dos vários caras musculosos que estão parados na entrada da piscina, claramente se esgueirando por trás de mim.

— Toque nela e eu quebro seus dedos — diz a voz rouca do meu salvador.

— Isso é bem violento — digo, virando-me para verificar quem falou.

E... uau.

Ele está sem camisa e é musculoso como um deus. Seu rosto é feroz, angular e quase perfeitamente simétrico, exceto pelo nariz aristocrático, que parece ter sido quebrado em algum momento e depois curado de forma ligeiramente imperfeita – o que só destaca a perfeição de todo o resto.

Ele me examina lentamente através de um par de olhos sombrios que são mais escuros do que o interior de um buraco negro.

Oh, rapaz.

Há uma barba por fazer que eu quero alcançar e tocar.

Mas eu não o faço.

Se eu fosse inapropriada, eu tocaria nos pelos grossos em seu peito nu. Os pelos do corpo são minha criptonita sexual quando se trata de homens, e mesmo agora, com frio e envergonhada, eu me encontro molhada em mais de uma maneira.

— Você está bem? — ele pergunta com aquela voz rouca dele, então coloca uma mecha molhada do meu cabelo atrás da minha orelha.

Oh. Meu. Deus. Do. Cacete. O toque dele é como a picada de uma enguia elétrica... bem no meu clitóris. E mamilos. E...

— Chame uma ambulância — Meu salvador rosna para o cara canguru. — Faça rápido, e talvez eu não te mate por me enganar para empurrá-la.

Espere...

— Você me empurrou? — Eu olho para seu rosto ridiculamente bonito.

— Foi um mal-entendido — O cara retruca. — Eu pensei que você fosse Ted, e aquele ali — Ele gesticula para o cara canguru ou um dos outros caras musculosos — me disse que Ted me chamou de...

— Olha, Michael — Canguru diz conspiratoriamente —, Ted chamou você...

— Eu não sou Ted — Arranco a cabeça de urso de onde ela está flutuando perto da borda da piscina e observo com inveja enquanto Wolfgang sobe pelo meu braço até meu ombro e habilmente sacode seu pelo molhado.

O babaca – Michael – estreita os olhos escuros para meu amiguinho. — Isso é um rato?

— Não, é uma girafa — Eu me viro e me afasto com sons de esmagamento.

— Caralho — Michael rosna. — Espera aí.

— Deixe-me ajudá-la com essas roupas molhadas! — Canguru grita.

— Não mencione as roupas dela de novo — O rosnado de Michael se torna ameaçador. — Não se você quiser ficar com as bolinhas de gude que tem entre as pernas

— Então você deu uma olhada nas bolas dele? — digo por cima do meu ombro e imediatamente desejo que meu irmão mais velho estivesse aqui.

Ele faria um par de bolas de esponja aparecerem do nada e rotularia minhas palavras como "vitupério".

— Você pode ir mais devagar, porra? — Michael resmunga, caminhando ao meu lado. — Onde você pensa que vai?

— À pista de gelo. — Onde quer que seja.

— Está frio lá. Você vai morrer. Pelo menos troque de roupa primeiro.

— Sim, pelo quê?

Aparentemente, quando Ted desapareceu, o traje de mascote reserva, junto com todos os seus bens materiais, sumiram do apartamento dele.

Correção, *meu* novo apartamento.

Sim. Uma das principais vantagens deste trabalho é um lugar sem aluguel para ficar, então, não tenho que viver com o circo literal que é minha família.

— Eu posso ajudar — diz Canguru, trotando atrás de nós. —, a encontrar algumas roupas, quero dizer.

O rosnado de Michael fica polar. — O que eu acabei de dizer, Jack? Este é seu último aviso.

Canguru Jack? Eu poderia jurar que minha avó estava assistindo recentemente a um filme com esse título exato enquanto ensaiava sua rotina de andar na corda bamba.

— Eu tenho que encontrar o time — explico sem parar de andar. — O Treinador me disse que eles estão prestes a terminar o treino no rinque.

Ele também disse que esta primeira semana é um período probatório e que eu vou perder o emprego se eu errar. Ou se Ted aparecer com uma "desculpa milagrosamente boa para seu ato de desaparecimento".

— Você já encontrou o time — Michael me informa. — Lembra dos idiotas na piscina?

Oh. Ótimo. Eu me viro e o encaro. — A atual presença está incluída?

Ele franze a testa. — Estou no time, mas poucas pessoas me chamam de idiota e...

— Você é um idiota — digo.

Os olhos de Canguru Jack se arregalam.

— Eu te empurrei, então vou ignorar isso desta vez — Michael rosna entre dentes cerrados com tanta força que seu esmalte está em apuros. — Volte amanhã. Se nosso treinador perguntar, todos nós diremos...

— Tudo bem. — Wolfgang apreciaria uma sessão sob um secador de cabelo. — Não foi um prazer conhecê-lo.

A menos que contemos seu toque, isto é, e o banquete que meus olhos desfrutaram até que eu descobrisse que tipo de homem ele é.

O maxilar de Michael aperta ainda mais. — A falta de prazer foi mútua, eu lhe asseguro.

— Essas não são as formas corretas — reclama Canguru Jack.

— Pau no cu! — Michael grita com ele.

Até onde eu sei, isso também não é um ditado – mas eu gosto e posso usá-lo com minha irmã mais nova na próxima vez que ela tentar me mostrar uma de suas poses contorcionistas de pretzel.

Continuo andando, ignorando os homens que me seguem, e logo chego ao pequeno armário que me foi designado como vestiário. Antes que eu possa entrar, percebo que alguém gentilmente deixou um espelho alto e fino do lado de fora da porta, me poupando de ter que correr para o banheiro na próxima vez que eu me vestir.

Meu reflexo me faz estremecer. Pareço um urso triste e encharcado que acabou de comer um palhaço igualmente molhado... e agora sua barriga dói.

Incapaz de me conter, entro no personagem. — Rugindo. Homem-urso tão bravo. Homem-urso molhado como um gatinho.

Há um suspiro tão alto de Canguru Jack que quase espero que ele desmaie quando me viro para verificar o que há de errado.

Uau. Por alguma razão desconhecida, Michael está me encarando com uma ameaça tão grande no rosto que você pensaria que eu afoguei seu cachorrinho, comi seu gatinho e enfiei seu disco da sorte na minha bunda.

— Você sabe o que aconteceu com a última pessoa que zombou dele desse jeito? — Canguru Jack exclama horrorizado. Lançando um olhar nervoso para Michael, ele me informa trêmulo: — Ele perdeu quatro dentes.

— Cale a boca — Michael rosna.

— Ah, certo. Não foram quatro — Canguru Jack diz, se afastando de Michael como se ele fosse radioativo. —, foram sete.

CAPÍTULO 2
MICHAEL

— Do que você está falando? — A mascote segura protetoramente o rato contra o peito – como se eu já tivesse machucado uma mulher ou um animal pequeno.

Uma pontada de dor no meu maxilar me faz perceber que cerrei os dentes com muita força... de novo. Não consigo deixar de encará-la. — Você está se fazendo de idiota agora?

Todo mundo sabe que odeio ser chamado de urso. É algo com que tenho que lidar desde a infância, graças aos pais irresponsáveis que nunca conheci. Antes de me abandonarem, eles me deram dois presentes duvidosos: o sobrenome "Medvedev" e o primeiro nome "Mikhail", ou "Misha", para abreviar. Medvedev se traduz diretamente como "de urso" do russo, e Misha também é associado a ursos de merda – graças a outro mascote de merda, o dos Jogos Olímpicos de Moscou. Ah, e quando me mudei para os EUA, as coisas só pioraram porque os russos em geral são associados a ursos. Sem mencionar que estou neste time de merda, que...

— Você acabou de me chamar de idiota? — Os lindos olhos verdes da garota se estreitam em pequenas fendas.

— Eu não, mas poderia — digo a ela —, afinal, é idiota cutucar um urso.

Caralho. Acabei de me chamar de urso, não foi?

— É, ele odeia quando alguém o chama de urso — Jack explica cautelosamente, e a única razão pela qual eu não o nocauteio é porque não quero assustar a garota... mais do que já assustei, é claro.

— Eu nem menciono ursos perto dele — Jack continua —, nós nem oferecemos qualquer curso, no caso de...

— Espere. — Ela pisca para cada um de nós com cílios longos e distraidamente femininos. — Seu time se chama *Ursos* da Flórida, traduzido.

A única razão pela qual eu não mostro meus dentes para ela - ou para qualquer um - é que fazer isso só vai trazer mais comparações com ursos de merda. — O time se chamava Orlando Blooms quando fui convocado. — E agora estou preso a eles.

— Uau. Esse era um nome horrível. — Ela examina a cabeça de palhaço-urso da mascote que eu odeio tanto. — Isso pelo menos explica por que se chama Sr. Bloom.

— Qualquer coisa é melhor do que o nome atual —

digo entredentes. Até *Mother Puckers* seria uma melhoria. Ou *Ass Puckers*. Ou *Bloomin' Onions*.

Todos balançam a cabeça, aparentemente até o rato.

— Nós nem estamos em Orlando — diz a mascote.

— Poderíamos ser apenas os Florida Blooms então — retruco.

— Tem também aquele ator — ela diz.

Eu fecho e abro meus punhos. — Foda-se ele.

— Eu não acho que ele iria querer me foder — ela diz melancolicamente.

A onda de ciúmes correndo por minhas veias é tão surpreendente quanto indesejada. Eu não tenho ideia do que deu em mim. Nota: o ator teria que ser um eunuco para não querer foder essa garota. É verdade, seu corpo está escondido pelo traje horrível, mas ela é alta e tem um rosto incrivelmente bonito. Com seu cabelo rosa, bochechas rosadas e pescoço delicado, ela me lembra um flamingo. E flamingos são uma das poucas coisas que eu gosto neste estado de bosta. Talvez as únicas coisas.

Ela é tão bonita, na verdade, que quase posso perdoá-la por me chamar de um maldito Homem-urso. Especialmente porque eu a *empurrei* para dentro da piscina.

— Sabe de uma coisa? — digo magnanimamente — Estamos quites agora.

— Simples assim? — Jack me encara como se eu tivesse criado penas.

— Como é? — A garota endireita a coluna, que é quando percebo o quão alta ela é – o topo de sua cabeça está quase no meu queixo. — Quando eu feri seus sentimentos delicados, eu estava realmente entrando na personagem, não provocando ninguém. Como isso se compara a você me empurrando para dentro da piscina *de propósito?*

— Entrando na personagem? — Jack e eu perguntamos juntos.

— Sim. — Ela levanta a cabeça do urso na sua frente e diz com uma voz exageradamente rosnada: — Homem-urso bravo. Homem-urso tem uma fêmea dentro dele, em vez do contrário.

Meus dentes cerram involuntariamente de novo. — Como eu disse, eu não empurrei *você.* Foi um mal-entendido. — Olho feio para Jack, que sabiamente sai do meu alcance de socos e chutes. Volto minha atenção para a garota. — Você, por outro lado, apenas zombou de mim de propósito. De novo.

— Não. Homem-urso é o Sr. Bloom. — Ela balança a cabeça da mascote na minha frente. — O Sr. Bloom não é você... certo?

— Então, chame seu amigo invisível de Sr. Bloom quando entrar na personagem — resmungo — Ou melhor ainda, não entre no personagem quando eu estiver por perto.

Ela mostra os dentes – o que *não a* faz parecer nem um pouco com um urso. Provavelmente porque os dentes são pequenos, brancos e muito bonitos. — Tenho uma ideia ainda melhor — ela sibila —, que tal não falarmos um com o outro? Nunca.

Luto contra a vontade de rosnar diretamente para

ela. — Por mim, tudo bem. — Giro nos calcanhares. — Vamos, Jack.

Enquanto Jack vai junto, ele parece relutante – o que quase lhe custa alguns dentes.

Espero até estarmos fora do alcance da audição da mascote antes de declarar a Jack: — Ela está fora dos limites.

Ele parece surpreso. — Para namorar ou pregar peças?

— Fora dos limites. — Eu imbuo as palavras com uma promessa de castração. — Espalhe por aí.

Jack limpa a garganta. — Você sabe que o time tem um ritual de trote. Mascote ou não, ela está no time e é uma novata...

— Caralho. — Esses idiotas também podem ser rápidos. No meu primeiro dia, aqueles filhos da puta roubaram minhas roupas e deixaram a fantasia de mascote no lugar delas. Não sei o que diabos eles esperavam que acontecesse, mas saí do vestiário nu e três deles acabaram no pronto-socorro.

O que diabos eles vão fazer com ela?

— Onde estão esses cuzões? — pergunto furiosamente, e quando ele diz que não sabe, vou em busca do resto do time.

———

Eu os localizo do lado de fora da entrada principal da arena, então, digo para eles ouvirem as palavras que estou prestes a dizer com muito cuidado, como se a vida deles dependesse disso. Então, explico que nenhuma pegadinha é permitida quando se trata da nova mascote.

— Mas todo mundo passa por trote no primeiro dia — lamenta Isaac, nosso suposto capitão.

Eu o agarro pela gola da camisa e o levanto do chão. — Exceto ela. Está claro?

— Na verdade, esses idiotas já colocaram o trote em prática — diz Dante, nosso goleiro, que é o jogador mais competente e o mais próximo de um amigo que tenho neste time de merda.

Ah, e se nossa liga permitisse que o goleiro fosse o capitão do time, ele seria nosso, e não o babaca que estou segurando atualmente. Esse cara nem sabe soletrar a palavra "líder".

Soltando Isaac, eu me viro para Dante. — Já?

Dante passa a mão pálida de vampiro pelo cabelo preto. — Todo mundo no prédio está prestes a receber um alerta de celular instruindo-os a evacuar.

Como se fosse uma deixa, meu telefone toca, e a mensagem é exatamente o que Dante disse que seria: alguma besteira sobre um vazamento de gás.

Meus molares se apertam novamente. — Presumo que a garota não esteja recebendo essa mensagem?

Um bando deles balança a cabeça.

Meu olhar se concentra em Isaac. — E o que acontece depois?

— Nada ruim — Isaac diz, encolhendo-se. — Como parte do protocolo de emergência, todas as portas serão trancadas automaticamente. Mas elas reabrirão amanhã.

Não sei como, mas Isaac acaba balançando em meu punho novamente. — Ela está encharcada do fiasco da piscina, e você está prestes a trancá-la em um prédio com ar-condicionado?

— Não foi ideia minha — diz Isaac.

Que filho da puta. Enojado, eu o solto e examino os imbecis de aparência culpada ao meu redor. — De quem foi a ideia, então?

— De Jack — eles dizem em uníssono.

— O quê? — Meus punhos se fecham enquanto giro para encarar Jack. — Você estava comigo esse tempo todo.

Jack recua, empalidecendo. — Eu planejei antes de você dizer que ela estava fora dos limites. O zelador ajudou. Posso ligar para ele para reiniciar o sistema logo, ou...

— Quanto tempo até as portas trancarem? — Solto.

— Cinco minutos.

Eu me viro em direção à arena assim que os primeiros membros da equipe saem. — É melhor vocês todos rezarem para que eu chegue a tempo.

CAPÍTULO 3
CALLIOPE

Que cara de pau. — Coloco Wolfgang na mesinha do meu vestiário improvisado.

Seus olhos brilham como se fossem sábios.

Meine Liebe, homens assim precisam relaxar em florestas de pinheiros, tomar banhos quentes e comer grandes quantidades de queijo.

— Ótimo. Agora, tenho uma imagem mental de Michael, nu, vagando pela floresta em busca de mel... e depois, relaxando em um riacho quente.

Wolfgang esfrega as patas dianteiras no rosto, como se meus pensamentos sujos o tivessem feito se sentir impuro.

— Tanto faz. — Procuro no quartinho algo seco que eu possa vestir.

Revistas empoeiradas. Não.

Gatorade vencido. Não.

Uma pilha de camisas de hóquei. Ponto.

Despindo completamente, utilizo algumas delas como as piores toalhas de todos os tempos, depois coloco a maior, que por acaso é a número oito.

Certo. A camisa é áspera e muito larga, mas cobre todas as minhas partes femininas, então pode funcionar.

Dou alguns passos e me encolho. Ficar sem calcinha assim vai ser uma droga. Talvez seja melhor eu usar calcinha molhada do que nenhuma?

Alguém bate na porta tão alto que Wolfgang grita e pula da mesa para o meu braço antes de correr para o meu ombro.

— Quem está aí? — grito.

— Michael — Uma voz familiar rosna de uma maneira muito parecida com a de um urso. — Saia. Rápido.

Aproximo-me da porta, mas não a abro. — Eu saio quando estiver bem e pronta. — E quando estiver de calcinha.

— Eu preciso quebrar essa porra de porta?

— Nós não decidimos simplesmente não falar um com o outro? — Apesar das minhas palavras combativas, uso um tom suave que o vovô me ensinou. Ele treinou leões, mas suas técnicas funcionam com ratos também, então imagino que um urso não deva ser tão diferente.

— Caralho. — Ele rosna. — Podemos começar a ficar sem nos falar depois que eu tirar você desse prédio?

A curiosidade corre na minha família, então, não

consigo evitar abrir a porta um pouco. — Por que você vai me tirar do prédio?

— Meus companheiros idiotas estão pregando um trote em você enquanto falamos — ele grita — Em cinco minutos, todas as portas desse lugar vão trancar.

Merda. — Por que você não disse isso desde o começo?

— Achei que dizer para você sair rápido seria o suficiente.

A única razão pela qual não discuto é a falta de tempo.

Abro a porta completamente. — Mostre o caminho.

Ele me olha de cima a baixo com uma expressão estranha, então, sai correndo pelo corredor com passadas que devoram o chão. Apesar das minhas pernas mais longas do que a média, tenho que correr para alcançá-lo, segurando Wolfgang para ter certeza de que ele não caia do meu ombro. Não corro rápido o suficiente, aparentemente, porque ele para na primeira curva e me encara. — Você não entende o conceito de pressa?

— Estou praticamente correndo — Bufo. Na verdade, saí correndo do vestiário com tanta pressa que estou descalça. Também esqueci completamente de resolver a questão da roupa íntima, e agora sinto uma corrente de ar nas minhas regiões inferiores, piorada pela umidade causada pela camiseta de Michael grudada em suas costas musculosas.

No meu ombro, Wolfgang gorjeia.

Meine Liebe, geralmente prefiro mulheres, e ratos, mas até eu tenho que concordar – esse homem parece um gouda.

— O que diabos é 'praticamente' correr? — Michael questiona — Corra como se não quisesse ficar presa neste prédio a noite toda.

Não querendo admitir em voz alta que ele tem razão, começo a correr de verdade, e Michael acelera seu próprio ritmo até que estamos correndo pelos corredores e pulando as escadas de dois em dois.

Apesar da pressa, assim que chegamos às portas que são nosso destino, algo apita, e as coisas estúpidas travam bem na frente de nossos narizes.

— Malditos filhos da puta. — Michael bate um punho na porta, sem sucesso. Ele então começa a falar em línguas, ou melhor, uma língua específica que soa familiar ao que é falado em filmes da era da Guerra Fria.

— Você está xingando em russo? — questiono.

Ele para seu solilóquio. — Em que outra língua um cara com o sobrenome Medvedev xingaria?

Reviro os olhos. — Eu nem sabia seu sobrenome.

— Ah. — Ele respira fundo e expira lentamente, então estende a mão. — Eu sou Michael Medvedev.

Eu sei que seria inteligente – embora rude – ignorar a mão estendida. No entanto, algo me possui para apertá-la.

Uau. Seu aperto é firme, e sua palma é deliciosamente calejada. E quente. E forte.

A vibração no meu clitóris está ainda mais forte dessa vez, e a culpa é da minha falta de calcinha.

Com esforço, solto sua mão e me recomponho. — Sou Calliope Klaunbut — digo, pronunciando meu sobrenome como "cló-un-boot". — E, como eu disse antes, *não* é um prazer conhecê-lo.

— A falta de prazer ainda é mútua. — Ele se vira para a porta e bate o punho nela novamente.

— Tente sua cabeça — sugiro.

Ele se vira para mim. — Por que você está tão calma? Não percebe que estamos presos aqui?

— O que você espera que eu faça?

Ele me olha de cima a baixo. — Preocupar-se em pegar um resfriado ou hipotermia?

Na verdade, apesar da minha falta de roupas, sinto calor... e incômodo, mas não vou dizer isso a ele. — Tem um armário de suprimentos ou algo assim aqui onde eu possa pegar mais roupas? — pergunto em vez disso.

— Um segundo. — Ele se vira para a porta e bate nela com tanta força que quase espero que ela se abra.

Mas não. A porta pesada aceita a violência com calma.

Michael se vira para mim, parecendo um urso que não conseguiu pegar um salmão delicioso.

— Se isso faz você se sentir melhor — digo, sem saber por que estou tentando tranquilizar o babaca —, parece que foi construído para resistir a um furacão.

Ele resmunga algo ininteligível em resposta antes de se virar e sair correndo na direção de onde viemos.

Wolfgang e eu trocamos um olhar.

Meine Liebe, você acha que esse brie suculento vai voltar?

Dando de ombros, sigo o urso – e tenho que recorrer à corrida mais uma vez para acompanhá-lo. É por isso que quando Michael para de repente no segundo andar, eu esbarro nele.

É como bater em uma parede de músculos puros e sensuais.

— Aqui. — Ele gesticula para a porta na nossa frente.

Eu verifico a placa acima dela. — O vestiário do time?

— Eles não estão lá. — Ele abre a porta e a segura com expectativa.

Ah, bem.

Entro e a primeira coisa que noto é o cheiro almiscarado – mas não completamente desagradável – de homens suados. A segunda coisa que noto é a enorme bagunça.

— E agora? — pergunto — Você espera que eu roube algo dos seus companheiros de equipe?

Se ele sugerir que eu pegue algumas das roupas íntimas sujas que estão por aí, vou bater nele.

— Nada de roubo. — Ele se aproxima de algum tipo de engenhoca. — Esta máquina serve para espremer a umidade de trajes de banho. Você pode usá-la para secar suas próprias roupas.

Huh. — Espere aqui.

Corro de volta para o meu provador e volto com minhas coisas.

— Desvie o olhar — ordeno.

— Por quê? — Ele rosna.

— Porque estou prestes a secar algumas roupas íntimas.

Ele se virou rápido demais? O que ele esperava ver, calcinhas da vovó de filme de terror?

Tanto faz. Coloco minha calcinha na máquina e aperto o botão.

A coisa parece um hipopótamo faminto enquanto faz o que quer que faça. Depois, verifico minha calcinha.

Não. Ainda está muito úmida para vestir confortavelmente.

Cacete.

Executo a coisa novamente – e obtenho o mesmo resultado.

Tiro meu telefone do bolso da minha calça jeans e agradeço a Deus por ser à prova d'água. Então, testo a máquina na calça jeans, e funciona um pouquinho melhor, pois ela passa de encharcada para desagradavelmente úmida.

Hmm. — Sem sorte — digo às costas de Michael. Mordo meu lábio, debatendo, então decido ir em frente. — Você por acaso tem uma cueca nova?

Seus ombros ficam tensos e, por um momento, acho que ele pode gritar comigo. Em vez disso, ele caminha até o armário com um grande número oito escrito nele e vasculha dentro. De frente para mim, ele me entrega uma cueca e um suéter, então se vira.

Visto a cueca. Interessante. — Ela me serve perfeitamente — digo a ele. E posso esperar que eu fique menos excitada agora que escondi minhas partes?

— Serve? — ele pergunta sem se virar. — Acho que temos o mesmo tamanho de traseiro.

Então... com ele sendo mais alto e maior do que eu, ele acabou de insinuar que eu tenho uma bunda grande? Quer dizer, eu sei que tenho, mas não é educado um homem simplesmente...

— Posso me virar agora? — As palavras estão pingando de irritação.

— Tanto faz. — Eu caminho até uma parte do vestiário que é coberta de ladrilhos brancos, mas tudo que encontro são chuveiros, vasos sanitários e mictórios.

— O que você está procurando? — ele exige saber.

— Um secador. — Até mesmo um secador de mãos poderia ser útil, exceto que eles têm os dispensadores de papel-toalha aqui.

— Se houvesse um secador, eu teria levado você até lá — ele resmunga — Quer dizer, a equipe de limpeza deve ter um para secar nossas toalhas e coisas assim, mas não tenho ideia de onde fica.

— Ah. — Olho para ele animadamente. — Podemos procurar?

— Não existe 'nós'. Agora que você não vai morrer congelada, pode fazer o que quiser.

— Idiota — murmuro.

Fingindo que não ouviu, ele caminha em direção à saída.

A curiosidade toma conta de mim mais uma vez, corro atrás dele e o alcanço bem a tempo de vê-lo puxando um machado da caixa de emergência de incêndio.

Merda. Eu o irritei a ponto de assassinato?

Mas não. Fingindo que eu não existo, ele anda rápido de volta para a entrada principal e bate o machado na porta.

O que não faz nada. Quer dizer, há um arranhão na porta, mas ela não cede.

Ele bate de novo.

Vibrações sensuais de lenhador em abundância, mas ainda nada.

De novo.

E de novo.

— Ei — digo com uma careta depois que ele bate com mais força. — Tudo o que você está fazendo é me dar dor de cabeça. — E me deixar muito molhada de novo.

Ele deixa o machado cair com um barulho alto e se vira para me encarar, suas narinas dilatadas. — Você não precisa estar aqui.

— Sério? — Dou um passo em direção a ele e ergo meu queixo. — A única razão pela qual estou aqui é por causa do trote idiota que você e seu time de idiotas fizeram.

Ele estreita seus olhos negros. — Eu não tive nada a ver com a porra do trote.

— É mesmo? — Eu imbuo a pergunta com sarcasmo suficiente para matar um cavalo extremamente resistente. — Eu *me* empurrei para dentro daquela piscina?

— Eu disse que isso foi um mal-entendido.

— Sim, claro. Tanto faz — E então não consigo resistir a acrescentar —, *Homem-urso*.

O som que escapa de sua garganta é a coisa mais próxima de um rosnado que já ouvi um humano fazer. Por alguma razão, porém, não estou com medo. Na verdade, estou ainda mais furiosa por ele não parecer inclinado a se mover ou realmente dizer algo em resposta. Como se eu não fosse importante, mesmo quando o provoco.

Imprudentemente, dou outro passo em sua direção e dou um empurrão em seu peito ridiculamente duro – o que não o faz se mover nem um pouco, um fato que só me enfurece ainda mais. Eu me levanto na ponta dos pés e me inclino para dizer bem na cara dele: — Você me ouviu? Ou entrou em hibernação?

Seus olhos escurecem ainda mais, e outro rosnado baixo e furioso escapa de sua garganta. E eu não tenho ideia do porquê isso me deixa tão molhada, mas deixa, e de repente, em vez de empurrá-lo de novo, encontro minhas mãos agarrando seu rosto, com força, enquanto esmago meus lábios contra os dele.

Porque estou com muita raiva. Não por nenhuma outra razão, eu juro.

Ele deve estar com a mesma raiva porque ele me beija de volta. Feroz. Punitivamente. Seus braços me envolvem em um abraço de urso, e então estamos batalhando com nossas línguas.

E, oh, meu Deus... Eu posso gozar.

CAPÍTULO 4
MICHAEL

Caralhoooooo.

Ela está me beijando.

E eu estou beijando-a de volta.

Tudo desaparece. Eu esqueço a situação em que estamos. Eu esqueço como cheguei aqui, ou onde eu preciso estar. Esse beijo se torna tudo, embora em alguma visão periférica distante da minha mente, eu esteja ciente de ruídos e então de flashes de luz.

Caralho. É possível ficar tão duro a ponto de induzir uma convulsão? É sobre isso que as luzes na minha visão são?

Tudo o que sei é que isso não deveria estar acontecendo, mas é incrível. Ela é perfeitamente suave e tem gosto de algodão doce. Seu delicado perfume feminino é enlouquecedor e difícil de identificar, mas definitivamente há notas de algo delicioso ali, como castanhas de caju torradas mergulhadas em mel.

Depois de um clarão de luz particularmente

brilhante, ela se afasta e olha para as portas atrás de mim.

O que quer que a tenha deixado chateada, o rato em seu ombro sibila para isso.

Eu giro.

As portas estão escancaradas. Há inúmeras pessoas nos encarando, incluindo minha equipe e um bando de bombeiros, mas minha ira está focada nos paparazzi que estão ali tirando fotos.

Claro. Câmeras. Era disso que se tratavam os flashes.

Entrando em ação, alcanço o cara mais próximo segurando uma câmera, arranco o dispositivo de suas mãos e o estilhaço no chão.

Vendo isso, o resto dos filhos da puta se espalha como barata, e quando tento perseguir um, Dante e o Treinador bloqueiam meu caminho.

— Matar um jornalista não é uma boa propaganda — o Treinador avisa.

— Mas se obtém os benefícios terapêuticos — Dante acrescenta, mais simpaticamente.

Olho para os telefones nas mãos de alguns bombeiros. — Todo mundo tirou fotos — rosno.

— Provavelmente vídeos também — diz Dante — O que você esperava?

Espero quebrar mais câmeras e alguns ossos. — Então me deixe passar. — Eu não passo por cima deles puramente por respeito ao Treinador.

— Está tudo na nuvem — diz o Treinador —

Quebrando a merda, tudo o que você vai fazer é piorar a situação.

Ele tem razão. — Caralho de nuvem.

Eu odeio nuvens, tanto as nerds em questão quanto as nuvens de vapor d'água no céu.

— Além disso — Dante gesticula para as portas —, você não está esquecendo de algo? Ou de alguém?

Eu me viro bem a tempo de ver Calliope abrir caminho pela multidão de curiosos.

— Vá atrás dela — diz Dante.

Eu franzo a testa. — O quê? Por quê?

— Eu sei que você não tem muita experiência com mulheres — diz Dante —, então, você pode não saber disso, mas as mulheres não gostam de ser abandonadas pelos namorados... especialmente depois do coito. Certo, Treinador?

O Treinador me olha fixamente. — Minha esposa não gostaria disso. E isso é um fato.

Eu fico boquiaberto para eles. — Que porra é essa? Não é nada disso.

Esposa? Namorada? O que tem na água dessa cidade? Eles sabem que eu nunca vou me comprometer com uma mulher. Já chega que meus pais me abandonaram; não vou dar a uma garota aleatória esse tipo de poder sobre mim. A menos que esses dois estejam falando sobre um encontro casual? Eu tive isso em raras ocasiões, mesmo assim, eu não escolheria alguém como ela.

Alguém que gostaria de ficar abraçado depois.

Alguém com quem eu poderia ficar tentado a abraçar... e eu odeio abraços.

— Tipo o quê? — Dante sorri, revelando dentes brancos ofuscantes com caninos que não são tão pontudos quanto seria de se esperar de alguém com uma pele tão pálida.

Eu cerro os dentes. — Foi só um beijo. E um acaso, ainda por cima.

— Ela sabe disso? — o Treinador pergunta.

Merda. Ele está certo. Eu posso ter dado a ela a ideia errada. Preciso corrigir isso, imediatamente.

Deixando o Treinador e Dante fofocando como duas colegiais católicas, corro atrás de Calliope, mas quando chego ao estacionamento, seu pequeno Fusca já está saindo.

Corro na frente dele e bato minhas mãos no capô. — Porra, espera!

Merda. Ela parece estar pensando em me atropelar, mas então ela abaixa a janela e coloca a cabeça para fora. — O quê?

Dou um passo para o lado do carro. Agora que estou cara a cara com ela, me encontro estranhamente sem palavras. — Eu... — Caralho, o que há de errado comigo? Eu me forço a dizer alguma coisa, qualquer coisa. O que sai é: — Que porra foi aquela?

— Um grande erro. — Ela pontua suas palavras pisando fundo no acelerador e, com um guincho de pneus, seu pequeno Fusca sai do estacionamento, quase achatando meus dedos no processo.

Caralho.

Fico ali olhando para ela até que uma mão pálida pousa no meu ombro. — Imagino que a conversa não tenha ido muito bem? — Dante pergunta quando me viro.

Eu balanço a cabeça.

— Quer tomar uma bebida, conversar sobre isso? — Ele gesticula para o outro lado do estacionamento, onde o resto da equipe está entrando em nosso ônibus fretado particular. — Todo mundo está indo para o pub.

— Porra, não. — Eu odeio exercícios de formação de equipe, quase tanto quanto odeio o sol abundante que cega todo mundo, dá câncer de pele e, ainda assim, de alguma forma, não dá a Dante nem um pouco de bronzeado.

— Como quiser. — Dante corre até o ônibus e eles vão embora.

Boa viagem.

Infelizmente, ainda não estou fora de perigo porque o Treinador está vindo em minha direção, sem dúvida com palavras de encorajamento e sabedoria.

— Eu tenho que ir! — grito para ele e vou direto para o meu próprio carro.

CAPÍTULO 5
CALLIOPE

Eu repasso o que aconteceu durante todo o caminho até o estacionamento do circo. Obviamente, o beijo está na frente da minha mente, particularmente o quão apaixonado, feroz e completa e totalmente insano ele foi.

Com Wolfgang seguramente a reboque, eu bato a porta do carro, com força, e entro no prédio colorido e circular. O que me levou a fazer algo assim? Um segundo, eu queria dar um tapa no urso com a palma da minha mão, e então, bum, eu fiz isso... mas com meus lábios.

Ei. Pelo menos não foi minha boceta. Mas, ainda assim... Por que aquele cara, dentre todas as pessoas?

Talvez meu ex estivesse certo. Minha família e eu podemos ser um pouco pancados das ideias.

Como se para ilustrar meu ponto, quando passo pela cozinha, vejo meu pai fazendo malabarismos com nossa torradeira, um pão e um abacate.

— Ei, Papi — ele diz enquanto pega a faca, ainda mantendo o resto dos objetos no ar enquanto faz isso. — Como foi seu primeiro dia?

Devo desencorajar essa nova tentativa de apelido para mim? Se falássemos espanhol, faria mais sentido chamar a *ele* assim. Mas esses nomes *estão* piorando, então talvez eu deva me contentar. Pelo que sei, o próximo pode ser Mini-eu.

— Tão ruim assim, hein? — ele pergunta, agora fazendo malabarismos com a faca também.

Mantendo habilmente todos os objetos circulando no ar, ele olha de soslaio para minha vestimenta, ou a falta dela, mas não diz nada. Não que eu esperasse que ele dissesse. Ele provavelmente decidiu que uma camisa e nada mais é o que as mascotes usam durante o tempo livre. Aposto que o resto da família vai presumir o mesmo.

Roupas curtas e circo andam de mãos dadas.

— Os primeiros dias são sempre difíceis — diz a voz de mamãe de algum lugar lá embaixo.

Que diabos? Onde ela está se escondendo?

Eu ando em volta do balcão da cozinha em busca dela – e a encontro sentada em uma rachadura funda, mastigando uma torrada de abacate. Como esperado, ela não parece nem um pouco perturbada com minha vestimenta.

— Meu dia foi bom — minto — Estou aqui para pegar minhas coisas.

Papai quase deixa cair a torradeira. — Você ainda vai se mudar?

Eu assinto. — O lugar que me ofereceram é mais perto do trabalho. — E é o dobro do tamanho do meu quarto atual, e não preciso dividi-lo com ninguém.

— Você ainda virá para casa para jantares em família? — pergunta mamãe, preocupada.

— Claro — Sei que sentirei muita falta de todos; além disso, não sei cozinhar nem para salvar minha vida, então, uma refeição caseira sempre será bem-vinda.

— Tudo bem — diz mamãe, magnanimamente. — Vá se arrumar.

Eu caminho até o quarto que divido com minha irmã mais velha e, claro, a pego pendurada de cabeça para baixo como um morcego, seu corpo inteiro sustentado por um pé enganchado em um trapézio que está pendurado acima do beliche de cima da nossa cama compartilhada.

— Ei — diz ela, sua respiração anormal, mesmo considerando sua posição. — Como foi?

— Bom.

Ela estreita os olhos para mim. — Só bom?

— Olha, Seraphina — digo —, se você quiser uma discussão mais aprofundada, desça até o nível dos meus olhos. Senão, meu pescoço vai começar a doer.

Como eu pensava, ela claramente não está tão interessada porque continua pendurada.

Eu troco de roupa e vou até meu habitat de ratos, um objeto que ocupa toda a metragem quadrada deste cômodo que oficialmente me pertence.

— Oi, pessoal — digo, pausando *Für Elise*, de

Beethoven, uma composição que meus amiguinhos gostam muito.

Todos me cumprimentam com gorjeios e pulos alegres. Quando Wolfgang se junta ao grupo novamente, o júbilo deles está nas alturas, pelo menos até Marco tentar transar com Wolfgang, mas ser empurrado por Polo.

— Você ensinou alguma coisa nova a eles ultimamente? — Seraphina pergunta de seu poleiro alto.

Eu sei que ela está apenas perguntando para ser educada, mas não consigo resistir a pegar um pequeno monociclo e colocar Lenin nele.

— Uau — diz Seraphina enquanto Lenin faz círculos na mesa. — Ele consegue andar nisso.

Sim. Sendo o mais inteligente e o mais motivado por comida, Lenin é o que aprende mais rápido. Quando o tiro do monociclo e lhe dou seu petisco, ele olha para mim pensativo:

Tovarisch, eu deveria ganhar um petisco maior por isso. É justo, já que eu, o proletarirrato, fiz todo o trabalho aqui.

— Sabe, você poderia ressuscitar seu antigo ato — diz Seraphina.

Ela está falando sobre os dias sombrios em que eu andava de monociclo, uma atividade que eu gostava tanto quanto um tratamento de canal, e este último feito pelo menos sob anestesia.

— Você poderia segurar uma plataforma circular em suas mãos — continua minha irmã — e fazer os ratos andarem em seus monociclos enquanto você anda no seu.

Eu balanço minha cabeça. — Muito perigoso.

Ela zomba. — Oh, por favor. Um ato de monociclo é muito perigoso para ratos, mas andar na corda bamba não é muito perigoso para a vovó?

Eu reviro meus olhos. — Você sabe que ninguém pode impedi-la. — Aliás, há uma maneira de impedir a própria Seraphina de pular para frente e para trás a doze metros no ar?

— Touché — diz Seraphina.

— Pessoal — digo aos ratos —, por favor, não se preocupem. Não vou tirar seus brinquedos. Estamos apenas nos mudando. — Com isso, eu arrumo os vários túneis, rodas de exercícios, casas sociais e individuais e, por último, mas não menos importante, os vários brinquedos feitos para escalar, mastigar, rasgar, empurrar, carregar e forragear.

Depois que tudo está embalado no meu carro, eu nos levo até o novo lugar, onde monto meus bebês novamente.

— Quer ir buscar o resto das minhas coisas? — pergunto a Wolfgang.

Ele corre para o meu ombro, e eu retorno ao circo para recolher o resto dos meus pertences – que parecem escassos em comparação aos dos meus fofos protegidos.

Assim que estou totalmente instalada no meu novo apartamento, eu o observo como se fosse a primeira vez.

O lugar é espaçoso e tem uma vista incrível do lago, onde, só para me lembrar que ainda estamos na Flórida, um jacaré gigante está se aquecendo na margem.

— Viu? — Eu aponto para o jacaré. — Essa é uma das milhões de razões pelas quais vocês estão melhor morando dentro de casa.

Wolfgang gorjeia.

Meine Liebe, a principal razão para morar dentro de casa não é a segurança. É porque é lá que o maná do céu, também conhecido como queijo, reside.

Lenin range os dentes particularmente alto.

Se a religião é o ópio dos humanos, o queijo é o do proletarirrato.

— Finalmente temos espaço para uma TV — digo a todos. Até agora, assistimos a filmes e programas na pequena tela do meu laptop.

Os ratos não parecem muito entusiasmados com a perspectiva da TV, mas eu com certeza estou.

Agora, onde vou colocá-la?

Olho em volta e percebo que algo na sala de estar está diferente hoje em comparação com o que era quando a verifiquei pela primeira vez. Há manchas nas paredes e algumas tábuas do assoalho parecem ter sido arrancadas e colocadas de volta.

Que estranho. Devo não ter notado antes.

Tanto faz. Coloco uma música agradável e entro no meu laptop para procurar o emprego dos meus sonhos – que obviamente não é me vestir como um híbrido entre um palhaço e um urso. Não, o que eu realmente quero é produzir um show ao vivo com ratos, e eu o chamaria de Pied Piper.

Por enquanto, no entanto, o melhor que posso fazer é lançar meu show em qualquer lugar que possa remotamente considerar tornar meu sonho uma realidade.

Ah, e sou realista o suficiente para saber que um show estrelado por ratos não é uma forma tradicional de entretenimento. Pied Piper é provavelmente um sonho impossível, especialmente agora que os circos nos EUA reduziram os números de animais em geral. Um exemplo: o circo onde a maioria da minha família trabalha pediu ao vovô para aposentar seu show de leões alguns anos atrás.

Eu sorrio. Vovô se aposentou junto com seu show e então usou seu tempo livre para me ensinar sua arte – o tempo todo pensando que eu trabalharia com leões como ele fez, ou com ursos como seu bisavô fez. Quando vovô soube sobre os ratos, ele disse, e eu cito: "As únicas ideias piores seriam trabalhar com baratas, carrapatos ou sua avó."

Independentemente disso, eu envio e-mails até meus olhos ficarem cansados de olhar para a tela, e então, vou para minha parte favorita deste apartamento: meu próprio quarto.

Droga. Não há beliche ou trapezista roncando em cima dele. Estou ansiosa para dormir como um bebê que tomou um Ambien... exceto que não é isso que acontece quando eu realmente vou para a cama.

Estou acordada por imagens de olhos escuros,

carrancas estranhamente sensuais e pelos em braços poderosos.

Ugh. O urso está atrapalhando meu sono agora?

Não. Estou apenas com tesão sem um motivo específico – e agora que tenho privacidade, posso realmente fazer algo a respeito.

Lambo meus dedos e os deslizo para baixo.

— Só se certifique de não pensar nele — Lembro a mim mesma enquanto circulo meu clitóris. — Faça o que fizer, não pense nele.

Sim, não. O mantra não funciona, e Michael é exatamente o que penso quando gozo.

Mas, ei. Poderia ter sido pior.

Eu poderia ter gritado o nome dele e assustado meus ratos.

CAPÍTULO 6
MICHAEL

Depois que chego em casa e como, trabalho na parte mais complicada do meu projeto secreto: atrair investidores. O problema, como sempre, é que você tem que ser cordial quando interage com idiotas ricos, mas cordialidade não é meu ponto forte. No entanto, ser educado é mais fácil na comunicação escrita. Eu apenas espalho uma quantidade abundante de "por favor" e "obrigado". Infelizmente, para os investidores realmente grandes, reuniões presenciais são inevitáveis... e muito temidas por mim.

Mas farei o que for preciso.

Depois que termino de enviar e-mails, vou até meu telescópio e o aponto para a árvore mais alta da reserva florestal do lado de fora da minha janela.

Ufa. A família de falcões ainda está lá, incluindo Eye, o pequeno bebê que nasceu muito recentemente. Dadas as águias, cobras, corujas e guaxinins locais, estou sempre preocupado com o filhote – o que não é algo que eu esperava de um hobby como observação de pássaros.

Era para ser relaxante pra caralho.

Bem, ainda é relaxante comparado a procurar financiamento, mas costumava ser mais quando eram apenas os dois pais falcões, Ethan e Mo, reforçando seu ninho com galhos e folhas. Mas então, Mo botou apenas um ovo, e eles se revezaram cuidadosamente incubando o dito ovo por quase um mês, guardando o ninho e coisas do tipo, e eu fiquei um pouco envolvido. Então, depois que os vi caçando e regurgitando comida para o jovem Eye de hora em hora, quase comprei um rifle de precisão para ajudá-los a manter os predadores afastados.

Mo e Ethan merecem ver Eye crescer. Apesar de seus chamados "cérebros de pássaro", eles são pais muito melhores do que meus pais humanos foram.

Meu telefone toca.

Hmm.

Quem poderia ser?

Acontece que é o Treinador – e ele está fazendo videochamada, o que raramente faz.

— Oi, Treinador — digo, aceitando a chamada.

— Ei — ele diz — Só queria saber como você está.

— Por quê? — Ele não entendeu a porra da pista no estacionamento?

— Você ficou trancado dentro da arena — ele diz —, e então teve aquele beijo com...

— Estou bem. — Ou ficarei, assim que as pessoas

pararem de me lembrar de Calliope. — Como você está? Como estão as crianças?

Para minha surpresa, a tentativa de desviar realmente funciona, e o Treinador me conta sobre as últimas travessuras do filho na faculdade e que sua filha acabou de ser promovida a gerente assistente. Enquanto ele fala, não consigo deixar de sentir inveja dos filhos. Apesar de serem pessoas decentes, eles parecem ingratos – ou, pelo menos, inconscientes – do quão incrível seu pai é. Ele é provavelmente o mais próximo que um homem humano pode chegar do tipo de pai que Ethan é.

— Tem certeza de que está bem? — o Treinador pergunta, e percebo que posso ter perdido alguns detalhes sobre sua filha.

— Estou bem pra caralho, mas tenho que ir. — Não quero ser rude com o Treinador, mas é isso que vai acontecer a menos que ele recue.

— Claro. Vejo você no treino amanhã — ele diz e desliga.

Certo. Treino de merda. É melhor eu descansar.

Pego minha câmera e a conecto ao telescópio para tirar uma foto dos falcões, depois, vou para o chuveiro para me preparar para dormir.

Enquanto estou no chuveiro, não consigo deixar de lembrar do beijo, e meu pau fica dolorosamente duro – então eu o aperto e fantasio sobre todas as atrizes pornô que já vi. Definitivamente não penso em Calliope, com seus olhos verdes, cabelo rosa e gosto de algodão doce. Não, seu pescoço gracioso e a maneira como suas pernas lisas pareciam naquela camisa não estão na minha mente. Ah, e não vamos esquecer – quero dizer, eu esquecer – o fato de que ela estava ao meu lado vestindo apenas uma camisa e sem calcinha. Ou que...

Eu resmungo enquanto gozo, e minha mente fica agradavelmente em branco, o que é ótimo porque agora estou pronto para dormir.

———

Chego ao rinque de gelo bem cedo pela manhã, e Dante é o único que já está lá, sua pele pálida escondida pelo uniforme de goleiro.

— Ei — digo — Quer fazer alguns exercícios?

Ele tira a máscara, com os olhos arregalados. — Você não ouviu, ouviu?

Eu franzo a testa. — Ouvi o quê?

— Você e a nova mascote viralizaram.

CAPÍTULO 7
CALLIOPE

Eu acordo porque meu telefone está tocando. De novo e de novo.

Estranho. Mal amanheceu. Quem poderia estar ligando tão cedo e por quê?

Quando atendo o telefone, a primeira parte da minha pergunta é respondida.

É Seraphina.

— Ei — digo — Você já age como um morcego. Está adotando a agenda deles agora?

— Como você *não* me disse que beijou um jogador de hóquei gostoso? — ela questiona — Eu te vi ontem à noite, tipo, *depois* que aconteceu.

Eu olho boquiaberta para o telefone. — Como você pode saber disso? — falei comigo mesma em voz alta mais uma vez? E na frente dela? Não me lembro de ter feito isso, mas...

— Como alguém pode *não* saber? — ela diz — Está em todas as redes sociais.

Oh. Droga. As câmeras de ontem. Mas... — Quem se importaria com a gente se beijando?

— A internet. Eles rotularam vocês dois de Honey e Boo Boo.

— O quê? Por quê?

— Algo sobre vocês dois serem ursos — ela diz — Você porque é a mascote, e ele por causa da personalidade dele, e seu primeiro e último nome.

Huh? O que o nome dele tem a ver com isso?

— No começo, viralizou em países de língua russa — ela continua — É onde a maioria dos fãs dele está. Mas então, começou a virar tendência entre os fãs de hóquei em geral, e finalmente, todo mundo aderiu. Se isso continuar, vocês dois podem se tornar tão famosos quanto *Baby Shark*.

— Merda. — Vou até meu computador para verificar o que ela está falando.

— Você é maluca? — ela pergunta — Isso é incrível.

— Não. Preciso desse emprego, e essa é uma maneira infalível de perdê-lo. — Sem mencionar que não quero ser associada para sempre a essa roupa de mascote, quero ser conhecida pelo meu show de ratos.

— Você pode aproveitar isso para o seu show — diz Seraphina, como se lesse meus pensamentos. — Quero dizer... de alguma forma.

— Mais tipo de jeito nenhum.

— Ei, desculpe — ela diz. — Não percebi que seria portadora do *discurso*.

— Qual é a do trocadilho com urso? — pergunto.

— Isso não é nada comparado aos comentários que

você verá online — diz ela — Depois de lê-los, você precisará de um minuto para o *decurso*.

Eu resmungo.

— Você também pode querer sufocar alguns dos trolls da internet — diz ela — Com suas mãos de *urso*.

— Sério?

— O cara que você beijou tem a reputação de ser um *murso* — diz ela — Além disso, dizem que vocês dois são opostos *polares*.

— Pare. Agora.

— Por quê? Isso está ficando *excurso*?

— Isso não é engraçado. — Eu procuro por "Honey e Boo Boo" e fico boquiaberta com o número de visualizações que o vídeo tem.

— Tenha paciência comigo — diz Seraphina — Eu posso ficar engraçada depois de mais alguns *recursos*.

Desligo bem quando ela diz algo sobre o *percurso* ter começado e o direito de um *abraço de urso*.

O vídeo que eu baixei está definido para a música *Bi-Polar Bear*, do Stone Temple Pilots. Ele mostra nosso beijo, mas também é intercalado com vários outros vídeos. A maioria deles é de Michael socando o rosto de alguém no gelo ou marcando um gol, mas também há um vídeo meu de algumas semanas atrás, capturando a vez em que fui pega com Wolfgang escondido sob minha roupa de parque temático.

Caralho. Até hoje, apenas os parques temáticos me colocaram na lista negra por causa do "incidente do rato", mas agora, o mundo inteiro sabe sobre isso. Se eu perder meu emprego atual – o que parece provável –

não conseguirei um emprego em nenhuma indústria onde não gostem de ratos, que é a maioria deles.

Ah, e não posso deixar de cometer o erro de ler os comentários.

No topo, há todas as piadas de urso, a maioria das quais faz os trocadilhos de Seraphina parecerem filhotes primogênitos em comparação. Mas abaixo disso, há ataques pessoais maldosos. Os piores insinuam que sou uma vagabunda e criticam minha aparência, enquanto os mais brandos zombam dos nossos nomes. Eles me chamam de "Clown Butt Bear", algo como "Palhaça Bunda de Urso", por causa do meu sobrenome e da minha roupa de mascote. Michael é rotulado como "Urso Rabugento" porque seu sobrenome significa "de urso" em russo, e seu primeiro nome é encurtado para "Misha", que também é relacionado a ursos.

É por isso que ele é tão sensível a comparações com ursos?

Deve ser. Também pode explicar por que ele odeia tanto a mascote, junto com o nome de seu – quero dizer, nosso – time. Se eu acabasse em um time chamado Clown Butts, e tivesse uma mascote que parecesse a bunda de um palhaço gigante, eu também não ficaria feliz. Se eu tivesse um centavo para cada vez que fui provocada com piadas sobre "bunda de palhaço" ao longo dos anos, eu seria capaz de bancar um exército de palhaços agora, um exército que eu ordenaria localizar os idiotas que me provocaram e enfiar balões de esculturas de animais em suas bundas.

Ah, e mais do que algumas pessoas estão teorizando sobre o porquê de Wolfgang estar no meu ombro, com muitas teorias de bestialidade até para a internet.

Mas, ei, nem todos os comentários são desagradáveis. Um monte de gente está simplesmente torcendo para que Honey e Boo Boo se casem e tenham muitos filhotes peludos.

Sim, não. Depois do meu último término, não estou interessada em namorar, muito menos em casamento. Qual é o sentido de conhecer alguém e sair com alguém quando essa pessoa termina com você assim que conhece sua família? E casamento? Esqueça. Nenhum homem são se tornaria parte do clã Klaunbut de bom grado. Minha única opção pode ser me casar com um primo Klaunbut distante, dos quais tenho inúmeros. Nem preciso dizer que, se eu não seguir o caminho do primo, o último não-Klaunbut que eu consideraria seria o Sr. Urso Rabugento.

Especialmente se por algum milagre eu mantiver meu emprego atual. Meu ex era colega de trabalho, e eu tive que trocar de parque depois que terminamos, então, não vou repetir *esse* erro.

Tendo dito tudo isso, olhar para nós dois nos beijando está me deixando com frio na barriga.

Coisa idiota.

Provavelmente é só fome. Ou sede. Sede de verdade, quero dizer, não é um eufemismo.

Eu me olho no espelho. — Talvez eu devesse fazer uma salada de frutas grande para cuidar dessas duas necessidades?

Então eu respondo: — Claro, mas só por precaução, não use uma banana.

Com a refeição preparada, compartilho algumas frutas com meus ratos e como o resto.

Hmm. Mesmo assim fortalecida, não fico imune a assistir aquele beijo repetidamente.

Ugh. Preciso parar com isso.

É hora de ir trabalhar, de qualquer maneira.

Pego Wolfgang e entro no meu carro para a curta viagem até meu local de trabalho. Não sei bem o que esperar quando chegar lá, mas assim que estaciono, sou abordada pelo Treinador, a mulher do RH com quem falei e dois dos jogadores de ontem.

— Olá — digo enquanto meu coração aperta. — A que devo essa saudação de boas-vindas?

Mas é claro que já sei o que eles vão dizer. Eles estão aqui para me informar que estou demitida, e os dois jogadores servirão de segurança caso eu tente entrar.

Considerando que todo mundo sabe sobre Wolfgang, de qualquer maneira, eu faço o dia dele deixando-o empoleirar-se no meu ombro em vez de se esconder no meu bolso ou bolsa como eu normalmente faria até vestir minha roupa.

— Nós imaginamos que você gostaria de ajuda para entrar no prédio — diz o Treinador, aparentemente imperturbável pelo rato no meu ombro.

Eu pisco para ele. — Você me quer *dentro* do prédio?

— É lá que a conversa sobre demissão vai acontecer?

— Bem, sim — diz ele — Você começa oficialmente hoje, não?

— Certo. — Estou prestes a estabelecer algum tipo de recorde quando se trata de ser demitida.

— Venha então. Desculpe pelo circo.

Circo? Minha família está aqui?

Não. É pior. Uma multidão de jornalistas está se aglomerando na entrada do prédio e, a julgar por todas as câmeras apontadas para mim, isso pode ter algo a ver com aquele vídeo viral.

— Saiam da nossa frente — diz um dos jogadores, empurrando para o lado uma dúzia de jornalistas de uma vez.

Ah. Os jogadores assumiram os papéis de segurança, mas *por* mim, não contra mim.

Interessante.

Assim que finalmente entramos, a mulher do RH – que me lembra que seu nome é Linda – pede para mim e o Treinador a seguirmos até a sala de conferências perto do escritório dela.

Então, eu *vou* ser demitida?

— Michael já está lá? — pergunta o Treinador.

Por que ele precisaria estar na minha demissão?

— Está — diz Linda — Assim como Adam, do RP, e Eve, do Financeiro.

RP? Financeiro? Mais e mais curiosa. Talvez eles me peçam para não falar mal deles depois que eu for demitida e, para isso, eles planejam me pagar uma indenização generosa?

Eu não me importaria nem um pouco.

Quando entramos na sala de conferências, Adam e Eve já estão esperando – vestidos em roupas de negócios, não em roupas de folhas de parreira. Michael também está esperando, e vê-lo novamente é como um chute nos ovários. Ele está com uma camiseta justa, com pelos deliciosos no peito aparecendo, e ostenta uma barba por fazer – que todo mundo sabe que é sexy pra caralho. Ah, e por algum motivo, ele está olhando feio para os jogadores que nos escoltaram para dentro.

— Vocês podem ir — diz o Treinador para os jogadores.

Os dois parecem muito felizes em ir embora, sem dúvida porque também notaram os olhos negros como a alma de Michael irradiando raios mortais em sua direção.

Ninguém parece se importar que Wolfgang esteja sentado no meu ombro, o que me faz gostar de todos eles, com exceção do urso, é claro, que provavelmente não olha para mim o suficiente para notar qualquer coisa.

— Quer sentar aí? — O Treinador aponta para a cadeira ao lado de Michael.

Estreito os olhos. — Por que eu iria querer sentar ao lado *dele*?

O Treinador dá de ombros. — O que temos a dizer diz respeito a vocês dois, então, vai tornar a vida um pouco mais fácil. — Ele gesticula para uma cadeira em frente a Michael. — Você pode sentar aí se preferir.

— Não. Está tudo bem. — Eu me jogo na cadeira ao lado de Michael e imediatamente xingo minha escolha.

Assim como ontem, ele tem um cheiro delicioso de dar água na boca: ervas, cogumelos e mel.

— Que porra é essa? — Michael rosna assim que todos estão sentados.

— Posso não colocar exatamente nesses termos, mas sim — digo —, por que estamos aqui?

Eve limpa a garganta. — Recebi uma ligação do meu equivalente com os Yetis. Os ingressos para o jogo de exibição estão esgotados.

Todos, exceto eu, olham para ela com diferentes níveis de expressões chocadas.

Adam coça a nuca. — O mesmo jogo que seria cancelado porque os Yetis não conseguiram vender ingressos?

Eve assente triunfantemente.

— Quem ou o que são os Yetis? — pergunto a ninguém em particular.

No meu ombro, Wolfgang limpa os bigodes.

Meine Liebe, um yeti é outra palavra para pé-grande, e pé-grande soa como uma criatura que cheira fortemente a pés, o que – dado que pés cheiram a queijo – me diz que o que quer que ou quem sejam os Yetis, eles cheiram deliciosos.

— Os Yetis são um time de hóquei de Nova York — diz o Treinador — Michael esteve com eles por um curto período, e ele recentemente usou essa conexão para marcar um jogo fora da liga com eles, um grande negócio porque eles são muito mais fortes e...

— Eles não são tão mais fortes — Michael rosna — Nós apenas...

— Senhores — Eve diz intencionalmente —, eu não tinha terminado.

Todos param de falar e olham para Eve, até Wolfgang.

— Como eu estava dizendo — Eve continua —, todos os nossos outros jogos também esgotaram, até mesmo o contra o Pineapple Ice Surfers.

Mais uma vez, todos ficam de queixo caído, e, novamente, Wolfgang e eu somos as exceções.

— Quem são os Pineapple Ice Surfers? — pergunto.

— O time havaiano — diz Michael — Eles são os piores da DHL, e ninguém nunca vem vê-los serem massacrados ao vivo. A menos que o jogo aconteça *no* Havaí.

— E esse não é o caso desta vez — diz o Treinador — Eles estão vindo aqui para esse.

— Isso mesmo — diz Eve — As implicações financeiras são enormes. — Ela olha significativamente para Adam — Presumo que as coisas estejam igualmente brilhantes do seu lado?

Ele concorda. — Felizmente, Michael quebrando aquela câmera não virou notícia — diz ele —, nem o time demolindo o bar ontem. Ou...

— Por que diabos *nós* estamos aqui? — Michael gesticula para mim — Alguém pode explicar isso?

O Treinador, Adam e Eve olham significativamente para Linda.

— Por que eu tenho que explicar? — Linda exige.

— Porque é delicado? — o Treinador diz, um pouco hesitante.

— E você é do RH — Adam acrescenta.

— Tudo bem. — Linda nos encara — Esta reunião é para discutir o impacto de Honey e Boo Boo.

Oh.

— Que porra é Honey e Boo Boo? — Michael questiona.

— Nós — digo, encolhendo-me —, embora eu não tenha certeza de qual de nós é qual.

Michael resmunga de frustração. — Aquela porra de vídeo.

— Não, é o vídeo do beijo — diz Adam —, mas se você acha que *outro* vídeo com alguma outra atividade pode aparecer, tornaria meu trabalho mais fácil se você me dissesse agora.

— Que outro vídeo poderia haver? — pergunto, mas o que realmente quero dizer é: "Quão safada Adam acha que eu sou?"

— Eu pensei que tínhamos estabelecido que eu lidaria com a conversa? — Linda diz friamente para Adam, e você pode dizer que ela quer dar um tapa nele, mas se contém devido à política de RH.

— Por favor — Adam diz timidamente —, continue.

— Obrigada — diz Linda — Como comecei a dizer, o vídeo está tendo um impacto muito positivo nesta equipe, e dados os problemas financeiros que estamos enfrentando — Ela gesticula para Eve —, este desenvolvimento não poderia ter vindo em melhor hora.

Todos, exceto eu, Michael e Wolfgang, concordam.

— De nada — digo timidamente.

— E vá direto à porra do ponto — Michael rosna.

Linda suspira. — Certo. O ponto. — Ela coloca as mãos em posição de oração e toca o nariz — Com sua cooperação, gostaríamos de manter o interesse público.

— E estamos dispostos a compensá-los — Eve interrompe — pelo inconveniente que essa cooperação pode causar.

— Huh? — Olho para Michael para verificar se ele está entendendo.

Ele não está, ou pelo menos é o que eu imagino, porque ele coloca a questão de forma muito mais eloquente do que eu quando grita: — Que porra vocês precisam que a gente faça?

— Nada de ruim — Linda diz um pouco rápido demais — Só um pequeno golpe de relações públicas, só isso. — Ela se vira para Adam — Você quer continuar?

Adam olha preocupado para Michael. — Achei que você queria falar.

— Pelo amor de Deus — Eve diz — Primeiramente, vocês dois estão namorando?

— Caralho, não — Michael diz e balança a cabeça tão veementemente que a rajada de vento resultante quase joga Wolfgang do meu ombro.

Ei. Ele precisa agir como se namorar fosse tão impensável?

— Acabei de entrar para o time — digo —, quando teríamos tempo para namorar?

Eve dá de ombros. — Vocês poderiam ter se conhecido antes, mas sim, não achamos que fosse provável. Eu só tinha que verificar. — Ela olha incisivamente para Linda — Você quer que eu diga, ou você diz?

— Você poderia? — Linda parece pronta para ir para debaixo da mesa.

Eve suspira. — Queremos que vocês continuem com a farsa.

— O quê? — Michael e eu perguntamos em uníssono.

— Todo mundo acha que vocês são um casal — Eve diz —, ou querem acreditar que são. Então, para esse fim, seria ótimo se vocês *estivessem* namorando. Fingindo namorar, é claro.

Ah, não. Não. Não. Não. Não acredito que não vi onde isso ia dar, mas agora...

Michael se levanta de um salto. — Vou *fingir* que você não disse isso.

Sério, por que ele está agindo como se eu fosse leprosa?

— Michael, por favor — diz o Treinador calmamente —, o time precisa disso.

Parecendo mal-humorado, Michael se senta novamente. — Isso é loucura pra caralho.

— Bem — diz Eve —, sabemos que esse é um pedido nada convencional, daí a compensação extra. — Ela limpa a garganta e olha incisivamente para Linda.

— E o RH dá a bênção total, é claro. — Linda brinca com uma pasta na frente dela — Não temos uma regra que proíba uma mascote de namorar um jogador, então...

— Não convencional? — exclamo — Não convencional seria me pedir para ir de monociclo para o trabalho com minha roupa de mascote. Ou pedir para Michael aqui ser educado por dez minutos seguidos. O que vocês estão pedindo é...

— Um grande favor — Eve interrompe — pelo qual estamos dispostos a colocar um zero extra no final do seu salário.

Não sei como sinto isso, mas ao mencionar tanto dinheiro, Michael fica tenso ao meu lado. — Nós dois ganhamos esse aumento? — ele questiona.

— Correto — o Treinador diz significativamente —, e vocês ganharão um bônus adiantado, como um sinal de nossa boa vontade.

— Quanto? — pergunto, incapaz de acreditar que estou sequer considerando isso.

Eve escreve algo em dois cartões de visita, então entrega um para mim e o outro para Michael.

Quando vejo meu valor, quase deixo o papel cair. Por esse valor, eu fingiria namorar um urso de verdade, e talvez consideraria deixá-lo chegar à segunda base.

— Você pode ficar com o bônus se continuar fingindo até o jogo dos Yetis — Linda elabora — e o aumento salarial continua enquanto as boas relações públicas do 'relacionamento' continuarem.

— Caralho — Michael diz, seus olhos no papel — Nós faremos isso.

— Que porra é essa? — Eu me viro para ele — Nós não faremos nada até que nós dois concordemos.

Seu maxilar se contrai. — Minhas desculpas, *ptichka*. Você vai ou não participar dessa porra de farsa?

Eu estreito meus olhos. — O que é um ptichka?

— Traduzido do russo, significa 'passarinho' — ele diz — Eu imagino que se estivermos namorando, precisaremos de apelidos um para o outro – e o dia que eu chamar alguém de Honey ou Boo Boo é o dia em que eu atiro na minha própria cabeça.

Hmm. Passarinho é melhor do que Honey ou Boo Boo, mas eu não vou dizer isso a ele. — Tudo bem, Pooh, eu vou participar da farsa.

Seus olhos se tornam pequenas brasas. — Pooh, como em *Ursinho Pooh*?

— Ah, certo. — Eu bato meus cílios para ele inocentemente. — Desculpe, meu cute-cute, esqueci o quão sensível você é quando se trata de... ursinhos.

Michael fecha as mãos. — Essa merda nunca vai dar certo.

— Tem que dar — Eve diz — Tenho certeza de que ela pode te chamar de outra coisa que não seja 'meu cute-cute'.

— E já que estamos falando nisso — diz Adam —, temos certeza de que Honey e Boo Boo não podem ser uma opção?

Michael bate o punho na mesa. — Mencione esses nomes de novo e eu saio.

— Que tal *czar*? — pergunta Linda — É russo, como *ptichka*.

— Não significa 'rei'? — pergunto.

— Imperador. — Um sorriso presunçoso toca os

cantos dos lábios de Michael, e me faz lembrar como me senti quando os beijei.

— De jeito nenhum — digo, tanto para minha memória traiçoeira quanto para a sugestão do *czar*. — Além disso, antes que alguém pergunte, também estão fora de questão palavras como senhor, mestre e paizinho.

— Que tal Bunny, tipo coelhinho? — pergunta Linda — Como isso soa em russo?

— Como em 'Honey Bunny'? — esclarece Eve.

— Nenhuma merda de Honey. — Michael praticamente ruge a frase, como um urso privado de mel.

— Posso ficar longe do russo de uma vez? — sugiro — Eu não falo, então seria suspeito se...

— Porra, tudo bem — Michael rosna — Me chame de Boo.

— Boo Boo? — Adam pergunta em um sussurro alto.

— Não — Michael responde ameaçadoramente —, um boo único.

— Calma, Boo — digo — Adam está apenas pensando na RP da coisa toda, não tentando ferir seus sentimentos confusos.

Adam olha para mim com gratidão, e posso dizer que ele quer continuar o debate duplo Boo/Honey, mas está com medo.

Michael respira fundo, então solta o ar com um suspiro irritado. Sua voz é um pouco menos rosnada quando ele diz: — Acho que nos desviamos com os apelidos, e eu assumo a responsabilidade por isso. O que realmente deveríamos discutir é, como vamos fazer as pessoas acreditarem que somos um casal?

Eu me viro para encará-lo, minha mão pronta para dar um tapa em sua bochecha. — Você está dizendo que eu não pareço alguém com quem você namoraria?

— Não — Michael olha para o teto como se esperasse que um raio o tirasse do sofrimento — O que eu quis dizer foi... que não namoro há anos. Todo mundo sabe disso.

Por que eu gosto desse fato? Há algo de errado comigo?

Adam se anima. — Sua falta de namoro é o motivo pelo qual o vídeo chamou a atenção inicial dos seus fãs. Quanto a como fazer as pessoas acreditarem, não se preocupe com isso. Na verdade, suas declarações oficiais podem ser que vocês são 'apenas amigos'. O que vocês precisam fazer é serem vistos juntos o máximo possível, 'acidentalmente' permitir que os paparazzi tirem mais fotos e estrategicamente encenar outro beijo.

Antes que eu possa protestar violentamente, Linda limpa a garganta. — Você não precisa beijar, ou participar de qualquer intimidade, nesse caso.

— Certo, certo — Adam diz, parecendo muito desapontado. — Apenas passem um tempo juntos e, quando se trata de tocar e tudo mais, façam o máximo que se sentirem confortáveis.

— Ou nada — Linda diz insistentemente.

Ao pensar em Michael me tocando "e tudo mais",

um rubor se espalha dos meus pés até o topo da minha cabeça. — Onde você sugere que a gente vá para ser visto?

Adam dá de ombros. — Visitar crianças doentes? Estar lá para Michael depois dos jogos?

— Eu sou a mascote do time — digo —, estarei lá para os jogos, de qualquer maneira.

Os olhos de Adam brilham. — Certo. Desculpe. Mas aqui vai outra ideia: quando você estiver vestida como a mascote, mexa com Michael mais do que mexeria com o resto do time.

Eu gosto dessa última sugestão, especialmente porque faz Michael produzir um som como se tivesse sido pego em uma armadilha para ursos.

O Treinador se mexe no assento. — Eu tenho uma ideia própria.

Todos nós olhamos para o homem enquanto ele encara Michael. — Você deveria contar para alguns dos seus colegas fofoqueiros que você está namorando e que ela está fora dos limites.

— Eu já fiz isso — Michael retruca — Quer dizer, a parte fora dos limites. Eu contei para Jack e disse para contar para os outros – não que isso tenha ajudado porra nenhuma.

Ele disse que eu estava fora dos limites? Que cara de pau.

Mas também é meio legal saber.

— Bom — diz o Treinador — Agora, é só acrescentar a parte sobre vocês dois namorando, e mencionar que é um segredo do RH ou algo assim. Isso quase garante que eles vão fofocar sobre isso.

Você pensaria que ele estava falando sobre um grupo de tricô e não sobre um bando de caras machões.

De repente, uma mulher ofegante entra correndo na sala de conferências, com o batom borrado e o cabelo desgrenhado, como se tivesse acabado de transar há alguns minutos. — Desculpe pelo atraso — diz ela — Perdi alguma coisa?

— Eles acabaram de concordar — diz o Treinador — e estamos prestes a encerrar. O treino está prestes a...

— Isso é ótimo. — Ela olha para mim — Oi, sou Amelia, a gerente geral do time. Desculpe de novo. Eu estava em uma reunião com o Sr. Ironside, o dono. — Seus olhos se arregalam de repente. — É *o* rato?

Eu meio que espero que ela pule na mesa e grite – uma reação surpreendentemente comum da fêmea da nossa espécie – mas ela corre em direção a Wolfgang e sorri como uma louca. — Ela é muito mais fofa pessoalmente do que no vídeo.

— Ele é um macho — digo, incapaz de evitar um sorriso de resposta.

— Ah — ela diz —, minhas desculpas. Claro. Agora que você mencionou, eu percebo o quão bonito *ele* é.

Wolfgang incha.

Meine Liebe, dê um pouco de queijo a essa humana – esse bom comportamento deve ser recompensado.

— Que tipo de rato ele é? — Amelia toca

cuidadosamente o topo da cabeça de Wolfgang, e ele generosamente a deixa ficar com o dedo.

— Ele é um rato dumbo — digo —, daí as orelhas redondas, cabeça grande, mandíbula pequena e olhos arregalados.

— Qual é o nome dele? — Amelia pergunta — Espere, deixe-me adivinhar: Remy?

Eu sorrio mais. — Esse *é* meu personagem fictício favorito de todos os tempos, mas nomear um dos meus ratos *dumbo* com algo assim seria pedir uma carta de cessação e desistência da Disney. Mas você está perto. O nome dele é Wolfgang, em homenagem a Wolfgang Puck, outro chef famoso.

— Puck, como os discos, hein? Isso é uma ligação com hóquei. — Ela olha com aprovação para Linda e o Treinador — Vocês deveriam ter me dito que nos deram duas mascotes pelo preço de uma.

Interessante. — Sabe — digo despreocupadamente —, eu poderia colocar Wolfgang no meu ombro enquanto estou dentro do Sr. Bloom. — Espera, isso soou como se eu estivesse planejando foder a mascote?

— Eu amo essa ideia. — Amelia olha autoritariamente ao redor da sala. — Por favor, faça o que for necessário para que isso aconteça.

Linda olha para Wolfgang como se fosse a primeira vez. — Pode haver algumas preocupações de...

— Podemos apenas dizer que ele é seu animal de apoio emocional — Eve interrompe — Foi o que eu fiz para Lucie, meu lagarto-monitor de estimação.

Wolfgang olha para mim preocupado.

Meine Liebe... por que essa última palavra me faz sentir como se de repente eu tivesse me tornado um delicioso pedaço de queijo?

Adam empalidece. — Você não tem Lucie com você, por acaso?

— O quê? Não — Eve diz com um olhar estreito — Lucie é uma menina grande, então, em que orifício você acha que eu posso estar escondendo-a?

— Por favor, *não* responda a isso — Linda diz em uma voz em pânico. Mais calmamente, ela acrescenta: — Acho que falo por todos quando considero esta reunião concluída com sucesso.

CAPÍTULO 8
MICHAEL

Concluída? Que porra é essa? E a logística? Se eu supostamente estou namorando Calliope, há...

Todos se levantam de um salto, e a sala esvazia mais rápido do que você consegue soletrar "covardes". A única que não está correndo é Calliope, mas suspeito que isso tenha mais a ver com o rato em seu ombro do que com qualquer coragem.

— Deveríamos conversar — digo a ela, de má vontade.

Ela se vira para mim, uma sobrancelha perfeitamente formada erguida. — Oh? Por quê?

Eu suspiro. — Como vamos fazer isso?

— Ah. Isso. — Ela passa a mão pelo cabelo, suas unhas tão brilhantes quanto o resto dela. — Quem se importa com os detalhes irritantes, certo? — Ela faz aspas no ar. — A reunião foi "concluída com sucesso".

Eu dou de ombros. — Linda provavelmente queria que discutíssemos os detalhes entre nós, como adultos.

— Como adultos? O que isso quer dizer?

Caralho. — Suas penas são sempre tão fáceis de arrepiar?

Ela olha boquiaberta para mim. — Pessoas que vivem em casas de vidro não deveriam jogar discos.

Eu cerro os dentes e me esforço para ter a pouca paciência que possuo. — Eu entendo. Você precisa processar tudo isso. Talvez possamos conversar depois do treino?

— E talvez você devesse se foder. — Ela se vira e sai da sala de conferências.

— Isso pode não ser uma má ideia — digo sem pensar, embora, em minha defesa, esta seja a primeira vez que eu testemunhei a maravilha que é seu traseiro. Quer dizer, bundas sempre foram minha fraqueza, especialmente aquelas com muito para agarrar durante o estilo cachorrinho, mas a bunda da *ptichka* está em outro nível. Se houvesse uma competição para a bunda mais suculenta, ela venceria sem nem precisar se curvar. E se ela se curvasse...

Ela bate a porta da conferência quase na minha cara.

Eu saio da sala e a sigo em silêncio, meu pau dolorosamente duro por conta da vista. Quando chegamos ao vestiário, franzo a testa e, quando ela tenta entrar, agarro seu ombro - um ombro firme e bem torneado, para ser exato.

— O que diabos você está fazendo? — ela exige

saber, olhando para minha mão como se fosse uma cobra.

— De volta para você. — Eu retiro minha mão. — O treino está prestes a começar. Tem babacas pelados lá dentro.

— Oh. — Ela se arrasta de um pé para o outro. — Esqueci minha fantasia lá dentro.

— Certo. Eu sei. Estava lá quando cheguei esta manhã. Escondi no meu armário para você. — E claro, talvez eu tenha cheirado a cabeça do urso desencarnado para verificar se *ptichka* realmente cheira a algodão doce, e ela cheira, mas isso foi apenas um lapso momentâneo de razão. — Você também esqueceu suas outras roupas. — Incluindo sua calcinha, que eu não cheirei, não importa o quão tentadora fosse a proposta. — Eu tenho tudo guardado.

— Tem? — Ela olha para mim e depois para seu rato, como se quisesse que ele confirmasse que ela me ouviu corretamente.

— Não é grande coisa — respondo rispidamente — Se eu não tivesse, aqueles idiotas lá dentro poderiam ter mexido nas suas coisas. — E então eu teria que quebrar alguns ossos, o que significaria que teríamos um jogador a menos enquanto voávamos para Nova York para jogar contra os Yetis.

— Obrigada. — Ela pisca os cílios lindamente. — Você pode levar para o meu vestiário?

— Claro — Vou para o vestiário, e sou recebido com gritos e aplausos.

— Que porra é essa? — Exijo de todos os rostos lascivos.

— O vídeo — Isaac diz para todos em um raro feito de liderança. — Você é famoso.

Porra. Acho que isso é uma deixa. — É bom que todos vocês tenham visto. Me poupa tempo de explicar o que vai acontecer com as bolas de qualquer um que olhe para Calliope do jeito errado.

Jack empalidece tanto que sua pele é quase tão alabastro quanto a de Dante. — Eu já disse a eles que ela está fora dos limites.

— Isso foi ontem — rosno — A partir de agora, ela está mais do que fora dos limites. Ela é minha. — Eu encontro o olhar de cada jogador, um por um, então não pode haver erro de que estou sendo ouvido. — Qualquer um que chegar perto dela se tornará um eunuco.

Pronto. Não tão sutil quanto o treinador teria sugerido, mas eles sabem tudo o que precisam saber e estão livres para fofocar... a menos que eu os tenha assustado para não fazerem isso. Ou a menos que respeitem a regra não escrita que diz "o que acontece no vestiário fica no vestiário". Tudo o que sei é que não há sinal de aplausos ou risadinhas quando pego a fantasia de mascote do meu armário, e o silêncio continua mesmo quando tiro as roupas de Calliope... incluindo sua calcinha.

Ótimo. Os filhos da puta devem ser mais espertos do que eu lhes dei crédito.

Saindo do vestiário, vou até o armário que se

tornou o vestiário de Calliope e encontro a porta aberta. Ela está lá dentro, examinando os arredores com consternação.

— O que há de errado? — rosno.

— Como se você não soubesse? — Ela olha para mim. — Você e o resto dos brutos acham engraçado saquear meu vestiário desse jeito?

Porra. Ela está certa. Parece que alguém vasculhou toda a merda deste local e depois não a colocou de volta do jeito que deveria estar.

— Quem fez isso não era da equipe — digo friamente.

Eles não são suicidas.

— Quem então? — ela pergunta.

Ótima pergunta. — Não sei, mas podemos começar falando com a segurança.

— Ah. — Ela se anima. — Você acha que tem uma câmera monitorando a porta?

— É melhor que tenha.

Juntos, vamos até o escritório de segurança, onde descobrimos que não, não há câmeras perto da porta do vestiário dela ou em qualquer corredor próximo.

— A partir de hoje, haverá — digo ao cara.

— O que você quer dizer? — ele pergunta — O orçamento...

Eu jogo algumas centenas de dólares para ele. — Não me importo se você tiver que ir para a RadioShack. Faça isso. Eu volto para verificar.

— RadioShack? — Calliope diz enquanto voltamos.

— Ele deveria pular em uma máquina do tempo e voltar para 2014?

Eu franzo a testa. — Isso não é brincadeira. Alguém invadiu seu vestiário. — E quando eu descobrir quem, vai ser um inferno.

— Poderia estar relacionado às coisas online? — ela pergunta — Talvez eu tenha ganhado um fã muito ansioso?

Eu paro no meio do caminho. — Você quer dizer um perseguidor?

— Bem, acho que sim. Minha irmã mais nova é uma... artista, e ela teve um uma vez. Ele era bem inofensivo, e depois que um dos meus irmãos conversou com ele, ele a deixou em paz.

Claro, o irmão dela "conversou" com o perseguidor. Tenho certeza de que não havia martelos ou alicates envolvidos. — Perseguidores não são inofensivos — digo com firmeza — Se houver um, vou encontrá-lo e garantir que isso não aconteça de novo.

Se crescer em um orfanato na Rússia me ensinou alguma coisa, é como lidar adequadamente com pessoas que me contrariam.

— Provavelmente não é um perseguidor — ela diz — Ainda acho que é mais provável que seja uma brincadeira dos seus companheiros de equipe.

Hmm. — Vou perguntar a eles sobre isso agora — digo a ela — Vejo você no rinque. — Viro-me para ir embora, mas dessa vez é ela quem coloca a mão no meu ombro, e a sensação dos seus dedos delicados me deixa instantaneamente duro.

— O quê? — pergunto sem me virar.

— Como chego ao rinque?

Ah. Digo a ela, então volto para o vestiário bem a tempo de pegar meus companheiros de equipe se preparando.

— Alguém entrou no vestiário dela? — pergunto — Admita agora, e eu posso ser misericordioso. — Com isso quero dizer que só vou quebrar metade dos ossos que teria quebrado de outra forma.

Eles se revezam para me lembrar que Jack disse a eles que ela estava fora dos limites e, portanto, eles obviamente não chegariam perto do local dela.

— Então ela pode ter um perseguidor — digo severamente — Se vocês virem algo suspeito, me avisem imediatamente.

— Avisaremos — diz Isaac solenemente.

— Sim — Todos ecoam.

Com isso, eles terminam de se preparar e vão embora, e eu os sigo de perto.

Assim que estamos no gelo, canalizo minha frustração para o treino, e deve ser um sucesso porque o Treinador me chama e me diz que se eu continuar assim, podemos realmente vencer os Yetis em Nova York.

Ouvindo algumas risadas abafadas, percebo que todos pararam para assistir Calliope andando de monociclo no gelo com seu rato no ombro e o que parece ser uma torta nas mãos – ou, pelo menos, presumo que seja Calliope. Ela está com a cabeça da mascote.

Como ela está mantendo o equilíbrio? E com esse traje? Notável.

— Boo! — ela grita, tornando sua voz mais grave. — Você terminou o treino?

Agora as risadas se transformam em gargalhadas, e todos olham para mim.

— Ah, sim — Dante responde a ela. — Boo foi uma fera hoje, mas ele terminou e é todo seu.

Ela anda de monociclo até lá, então estaciona perto de nós e cambaleia pela distância restante.

— Boo — ela diz ansiosamente.

— *Ptichka* — digo com muito mais reserva. — Se você está pensando em...

Bam.

A torta bate na minha cara, como eu suspeitava fortemente que aconteceria.

Um silêncio abafado desce sobre a pista, e o Treinador coloca uma mão calmante no meu ombro, o que eu acho extremamente insultuoso.

Mesmo se ela estivesse prestes a me matar, eu não machucaria uma mulher. Especialmente *essa* mulher.

Pegando um dedo, raspo um pouco de creme do meu rosto e coloco o dedo na boca.

— Obrigado — digo em voz alta — Da próxima vez, por favor, faça com sabor de algodão doce.

Como uma bolha estourando, todos riem ruidosamente e, na minha opinião, desproporcionalmente ao quão engraçada a situação é.

Dante patina e tira sua máscara de goleiro. — Boo,

parece que você pode pular seu tratamento facial diário.

Calliope ri.

— Pau no cu, Nosferatu. — Eu limpo todo o resto de creme do meu rosto com a manga.

Calliope saúda o Treinador. — Sr. Bloom se apresentando para o serviço, Treinador — ela diz como se não tivesse acabado de me atacar com um doce. — Tem alguma coisa que eu deva praticar hoje?

Os cantos dos olhos do Treinador enrugam. — Seu trabalho é bem fluido. A única coisa que você *precisa* fazer é aprender a dar um autógrafo como Sr. Bloom para que combine com a maneira como Ted e seus antecessores faziam. Caso contrário, você pode usar sua própria criatividade, se desejar. Isto é, a menos que queira minha ajuda?

— Estou bem — ela diz — Assisti a alguns vídeos das travessuras que Ted costumava fazer e acho que posso melhorá-las. — Ela gesticula para o monociclo com sua pata fofa. — Uma pergunta que eu tinha era: você precisa que eu patine ou posso andar quando não estiver no meu monociclo? Eu sei andar de patins, mas...

— Isso pode ajudar, claro — diz o Treinador — Você precisa de equilíbrio para ambos, mas, dadas suas habilidades com o monociclo, tenho certeza de que você tem isso de sobra. O movimento para frente é semelhante. As curvas são mais fáceis no gelo. Parar é o que vai ser bem diferente.

— Então, vou trabalhar na parada — ela diz — Por

enquanto, com esse traje, eu posso simplesmente bater em algo ou alguém quando eu precisar parar.

Se for *alguém*, é melhor que seja eu.

— Há alguma chance de você ter patins do meu tamanho? — pergunta Calliope — De repente, estou morrendo de vontade de experimentá-los.

O Treinador olha para mim furtivamente, e eu dou a ele um aceno imperceptível, principalmente porque estou curioso para saber o quão rápido ela aprenderá a patinar no gelo.

— Qual tamanho de sapato você usa? — pergunta o treinador.

— Nove — ela diz.

— Isso é sete e meio para uma criança, certo? — pergunta o Treinador.

Ela inclina sua cabeça gigante de palhaço-urso. — Como eu poderia saber?

— Desculpe — diz o Treinador — Depois que você tem filhos, você faz esse tipo de conversão o tempo todo. — Ele se vira para mim. — Michael, você sabe onde podemos conseguir patins de gelo desse tamanho?

Ele sabe que sim, então, em vez de responder, afasto-me para encontrar alguns pares de patins que sejam mais ou menos desse tamanho – embora uma parte de mim desejasse ter medido o pé de Calliope primeiro, já que é assim que o ajuste de patins deve ser feito.

Sim. Não é como se eu quisesse ver e tocar os pés dela. Ou verificar se ela tem esmalte brilhante nos dedos dos pés para combinar com os das mãos. Ou se ela usa um anel. Ou uma tornozeleira. Não. Você só precisa ser medido para ter patins de tamanho adequado, só isso.

Quando volto, Calliope já tirou a cabeça de mascote e, quando lhe entrego o primeiro par de patins para experimentar, ela estreita os olhos para mim. — Por que você tem isso em mãos? — Ela examina meus companheiros de equipe. — Duvido que algum dos seus companheiros neandertais use patins delicados como esses.

Eu suspiro profundamente. — Um obrigado pode ser uma resposta mais apropriada. — Não há como eu discutir meu projeto secreto agora.

Ela se aproxima e se inclina para sussurrar no meu ouvido. — Você usa isso para seduzir Maria-patins?

Seus lábios roçam minha orelha, e agradeço aos deuses do hóquei pelo meu protetor. Caso contrário, ela seria capaz de ver minha ereção furiosa, e todos os outros também.

— Por quê? — sussurro de volta — Você está com ciúmes?

Ela bufa indignada. — Se estamos fingindo namorar, temos que pelo menos fingir que não estamos com mais ninguém.

Meu maxilar treme. — Isso é absolutamente correto, *ptichka*. Eu nem vou olhar para mais ninguém, e nenhum homem além de mim deve chegar a menos de dois metros de você.

Murmurando "murso", ela, no entanto, concorda e

experimenta os vários pares de patins antes de escolher um par rosa com brilhos costurados, é claro.

Assim que ela atinge o gelo, ela consegue se mover graciosamente, ou tão graciosamente quanto é possível para um urso de pelúcia gigante. Quando vejo meus companheiros de equipe observando-a com muita curiosidade, sugiro ao Treinador que encerre o treino e insinue que ele pode acabar ficando com alguns jogadores a menos do que isso.

O Treinador usa seu apito e manda os babacas para o vestiário.

Enquanto isso, Calliope está patinando cada vez melhor, embora assim que entro no gelo, ela bata em mim – o que pode ser uma brincadeira, mas é mais provável que seja a única maneira que ela saiba parar.

— Eu tenho que ir agora — diz o Treinador — Michael, você pode me fazer um favor e ensinar Calliope a parar?

Calliope se afasta de mim. — Eu não preciso da ajuda dele.

O Treinador sorri. — Vocês dois formam um casal fofo.

Com isso, ele sai, e se ele fosse qualquer outra pessoa além do Treinador, eu diria a ele de todo o coração para enfiar o pau no cu.

CAPÍTULO 9
CALLIOPE

gnorando minhas garantias de que sua ajuda não é necessária – ou desejada – Michael me explica algo chamado parada de limpa-neve.

Coloco Wolfgang em um banco próximo e tento a manobra. Acabou sendo bem fácil. Em seguida, Michael me ensina outra maneira de parar, onde tenho que arrastar os patins para trás num ângulo certo, o que é um pouco mais complicado, mas eu faço funcionar.

— Você aprende rápido — ele diz com aprovação quando eu domino a quarta técnica que ele me mostra.

— E você é um idiota condescendente — respondo — Só me ensine a melhor maneira de fazer isso e vamos dar o fora daqui.

Arqueando uma sobrancelha, ele patina para longe, ganha velocidade e então para tão de repente que mal consigo acreditar no que vejo. — Você quer dizer, assim?

Merda. — Sim. Claro. Qualquer coisa que você fizer, eu posso fazer melhor.

Ótimo. Eu pareço aquele musical em que alguém pega sua arma, o que é trivial aqui na Flórida.

— OK — ele diz com ceticismo. — Vire seus patins em uma direção perpendicular de onde você está indo e use as bordas das lâminas para criar atrito. É chamado de parada de hóquei.

Ele está dizendo palavras como "atrito" para me excitar? Porque não está funcionando. Não estou tentada a tirar meu braço da manga da minha fantasia para me tocar – tudo sob a cobertura de camadas de pele falsa de urso. Não. Nem um pouco tentada.

— ...entendeu tudo isso? — ele questiona.

Merda. Eu posso ter viajado por um segundo. — Mostre para mim de novo.

Ele mostra, e eu percebo que devo ter algum tipo de fetiche por patinação – ou fetiche por competência – porque eu nunca teria esperado que ver alguém parar de repente no gelo me deixaria tão quente e incomodada.

— Assim? — Eu acelero e tento seu método, e prontamente caio, o traje garantindo que apenas meu orgulho seja ferido no processo.

Ele patina e me levanta com uma gentileza que eu não achava que ele fosse capaz. — Você está bem?

— Sim. Ótima. — Eu tento me afastar. — Só preciso praticar isso mais algumas vezes.

— Não — ele diz imperiosamente, sem me soltar. — Vamos garantir que você não se machucou. — Ele me levanta como um saco de ursinhos de pelúcia e me carrega para algum lugar enquanto eu protesto alto.

Quando um zelador nos vê, ele pisca para Michael conscientemente, o que me irrita quase tanto quanto o tratamento rude.

Finalmente, ele me coloca ao lado de uma porta com a inscrição "MÉDICO".

Lá dentro, uma mulher me diz que é cirurgiã ortopédica e, por exigência de Michael, ela insiste que eu tire o traje para que eu possa ser examinada.

— Não. — Eu bato meu pé peludo para pontuar a palavra. — Eu tenho que ir buscar Wolfgang.

— Vou buscá-lo — Michael diz e sai antes que eu possa levantar qualquer tipo de objeção.

— Isso é ótimo — digo à médica — Você está prestes a ter dois pacientes. — Porque Wolfgang certamente morderá o babaca. Sou o único humano em quem ele confia para buscá-lo.

— Wolfgang é um cachorro? — pergunta a médica.

— Não. — Não esclareço que ele é um rato, caso a boa médica seja uma dessas mulheres que pula nos móveis quando está assustada. Não há muitos lugares elevados nesta pequena sala.

— Você pode tirar essa coisa? — Ela cutuca meu bíceps fantasiado com um sorriso.

Eu o faço, grata por estar usando meu short e uma regata por baixo em vez de apenas meu sutiã e calcinha.

Ela rapidamente me examina e diz que estou totalmente bem.

— Eu sei — digo — Foi Michael quem...

Falando no diabo. Ele entra valsando, e um Wolfgang surpreendentemente contente empoleirado em seu ombro.

Droga, o pequeno traidor até gorjeia animadamente, como se tivesse ganhado uma fatia de queijo.

Bem, pelo menos Wolfgang pula no meu ombro assim que Michael está a uma distância de salto. Caso contrário, não sei o que teria feito.

— Ah — diz a médica — Wolfgang é seu rato. Eu deveria ter adivinhado.

— O que você quer dizer? — pergunto — Com que frequência você acha que as pessoas têm ratos?

— Docinho, todo mundo viu o vídeo do YouTube — diz ela.

— Eu a chamo de *ptichka* — Michael rosna. — Não Docinho.

A médica parece perplexa. — Isso é bom para você...

— Ela está machucada? — Michael exige saber.

— Boo, estou perfeitamente bem — digo com uma voz melosa.

A médica assente, e Michael parece tão aliviado que isso puxa algo no meu peito.

Espera. O quê? Estou sendo boba. O bruto só estava preocupado porque eu nunca assinei nenhum tipo de termo de responsabilidade antes da aula dele. Ele não se importa nem um pouco comigo, tenho certeza.

— É isso que você planeja usar por baixo dessa roupa todos os dias? — Michael pergunta, seus olhos pretos brilhando perigosamente por algum motivo desconhecido.

— Às vezes — digo — Às vezes até menos.

— Menos? — Suas narinas dilatam.

— Qual é o problema? — Exijo saber, e então lembro que deveríamos estar namorando.

— Caralho — Ele rosna e sai correndo do pequeno consultório, batendo a porta ao sair.

— Todos os jogadores de hóquei são cabeças quentes — diz a médica sabiamente. — Tenho certeza de que ele vai se acalmar e se desculpar por isso mais tarde.

Isso significa que ela ainda acha que estamos juntos? — Obrigada, doutora — digo enquanto pego minha roupa.

— Você não vai colocá-la de volta? — ela pergunta.

— Por quê?

Ela dá de ombros. — Alguém pode assobiar para você, e Michael pode ouvir e...

— Isso é ridículo. — Mas eu puxo a roupa. — Feliz agora?

— Eu não tive nada a ver com isso — a médica diz — Por favor, tome cuidado.

Mantendo minha cabeça erguida, saio do consultório e retorno ao gelo.

Para meu alívio, não há nenhum babaca autoritário por perto, então, me concentro em dominar a parada do jeito que Michael me mostrou. Assim que a máquina Zamboni aparece para limpar e nivelar o gelo, eu acerto uma parada perfeita, mas minha excitação é interrompida por um aplauso lento atrás de mim.

Eu executo um giro como patinação artística para ver quem está lá.

Surpresa, surpresa, é Michael. Quero dizer, quem mais estaria aqui para estragar minha festa?

— Você está me espionando? — Eu patino até onde ele está e paro perfeitamente mais uma vez.

Ele dá de ombros. — Alguém tem que garantir que você não quebre nada.

— Estou perfeitamente bem sem você — digo, e, claro, quase caio de bunda sem motivo algum.

— Isso deve ser uma pista de que você treinou demais — ele rosna — Você pode finalmente se trocar?

Eu cerro meu maxilar. — Por que você se importa?

Ele suspira. — Estou morrendo de fome.

— Então vá comer — solto — O que isso tem a ver comigo?

A menos que seja eu quem ele queira comer. É assustadoramente fácil imaginar aqueles lábios masculinos na minha...

Os lábios vibram enquanto ele solta um suspiro frustrado. — O Treinador pediu que eu te acompanhasse até o carro. Os abutres ainda estão lá fora.

Ah. Eu esqueci.

— O Treinador quer que eles nos vejam juntos? — pergunto — Ou ele está realmente preocupado com a minha segurança?

— Porra, isso importa? — Michael aponta para a saída. — Podemos ir? — Seu estômago ronca alto.

— Tudo bem.

Só me lembro vagamente do meu bisavô, mas tenho certeza de que uma das pérolas de sabedoria que ele me passou foi: "Não há nada mais perigoso do que um urso faminto."

Enquanto Michael me persegue até meu vestiário, faço questão de não falar, e ele não quebra o silêncio.

Uma vez lá dentro, tiro o traje de mascote e debato se devo ficar com as roupas curtas, só para irritá-lo.

Mas não. Não quero deixar minhas roupas do dia aqui para o perseguidor hipotético mexer, e se eu as levar comigo, meu plano será transparente.

Então, eu troco de roupa e, quando saio, pego-o me examinando da cabeça aos pés novamente e balançando a cabeça em aprovação, o que me irrita.

Vou até ele e cutuco seu peito com meu dedo, um erro porque tocar em seu pelo ali faz coisas comigo. Coisas inapropriadas. — Vamos deixar uma coisa clara. Eu visto o que eu quiser.

— Claro, *ptichka*. Quem disse que você não pode?

Isso é uma piada? — Você disse. Ou insinuou.

Seus olhos esquentam. — Você pode andar pelada se quiser. Eu vou lidar com qualquer babaca que ousar te olhar.

"Lidar com" é um eufemismo para "quebrar o pescoço de"? — Por que eu me dou ao trabalho de tentar argumentar com um homem das cavernas? — pergunto a ninguém em particular.

Wolfgang range alegremente seus incisivos.

Meine Liebe, prefiro ficar em seus ombros quando eles não estão cobertos por roupas. Isso faz com que minhas patas pareçam estar em muçarela quente.

Afastando-me de Michael, corro pelo corredor, e ele me deixa liderar até chegarmos às portas de saída, que é quando ele vai na frente e ruge para a multidão da mídia – ou pelo menos é o que parece.

Normalmente um grupo corajoso, os jornalistas abrem um caminho largo o suficiente para uma banda marcial desfilar.

Resmungando algo ininteligível, Michael pega meu cotovelo e me guia, enquanto eu faço o meu melhor para não desmaiar com seu toque na frente de todas essas câmeras.

Ou talvez eu devesse desmaiar? Afinal, devemos fazer o mundo pensar...

— Isso é seu, certo? — Enrugando o nariz, ele gesticula para meu Fusca.

Eu o encaro. — Agora você não gosta do meu carro?

— Ele não parece muito seguro — ele diz — Além disso, tenho quase certeza de que foi modelado com base em uma das ideias de Hitler.

O quê? Eu o ganhei de segunda mão do meu primo que é um palhaço – literalmente – e sempre associei esse tipo de carro a palhaços. E claro, eles às vezes parecem um pouco malignos, mas não do nível de Hitler.

— Que carro *você* dirige? — pergunto desafiadoramente.

Ele aponta para um 'muscle car' elegante ali perto. — Um Ford Mustang Shelby GT500.

Droga. Esse é o carro mais legal que já vi, e não consigo pensar em nada negativo para dizer sobre ele. Mas então... — Parece o tipo de máquina que os homens ganham para compensar alguma coisa. — Eu faço o mindinho da minha mão direita ficar mole.

— Ah, não tenho nada para compensar. — Ele sorri perigosamente. — Você gostaria de uma confirmação?

Isso foi uma proposta? Meu olhar dispara para a protuberância em suas calças, e engulo em seco. — Essa conversa acabou.

Ele inclina a cabeça. — Não deveríamos fazer algo para as câmeras?

Engulo em seco novamente. — Como o quê?

Ele diminui a distância entre nós. — Isso. — Ele pega meu rosto em suas mãos e me beija, implacavelmente, como se eu pertencesse a ele.

Minha calcinha segue o caminho da Bruxa Má do Oeste quando encharcada com um balde d'água – ela derrete completamente, e eu também.

À distância, ouço câmeras clicando, e os sons me lembram que isso é só para o show.

Furiosa, eu o empurro para longe.

— Te vejo amanhã — ele diz.

— Vá chupar um pau.

Ele realmente sorri para isso, e seu sorriso é tão derretedor de calcinhas quanto seu beijo. — A expressão russa é 'pau no cu'. Não 'chupar' um pau.

— E a diferença é?

— 'Pau no cu' quase literalmente se traduz em 'vá para o inferno.'

Eu arqueio uma sobrancelha. — Então você está dizendo que seu pau é o inferno?

— Não, *ptichka* — ele murmura — Para você, meu pau será o paraíso.

CAPÍTULO 10
CALLIOPE

Quando chego em casa no meu carro inspirado em Hitler, a primeira coisa que faço é reunir Wolfgang com o resto do bando de ratos. Então, preparo comida para todos nós.

Assim que Lenin termina de comer uma uva congelada, ele começa a correr pelo apartamento inteiro.

Tovarisch, essa é a comida da burguesia, e está tendo sua influência corruptora no proletarirrato.

Ignorando suas palhaçadas, olho para mim mesma no espelho longa e intensamente.

— O beijo foi só para as fotos — Lembro a mim mesma.

— Mas então, por que foi tão bom? — Meu eu no espelho pergunta muito razoavelmente.

— Porque você é uma idiota. Porque você não toma cuidado com...

Meu telefone toca, o que é bom porque se eu falar comigo mesma por mais tempo, meus ratos vão me internar.

É uma videochamada de Seraphina.

Aceito com um sorriso. Para variar, ela não está pendurada no teto.

— Ei, ex-colega de quarto — digo —, já sentindo a minha falta?

— Sim, certo. Só preciso me atualizar porque todos os seus outros irmãos estão me inundando com perguntas sobre você e seu jogador de hóquei.

— *Meus* outros irmãos? — Eu deixei meu lado "jogadora de hóquei" passar. — Você não quer dizer *nossos*?

Ela mostra os dentes super saudáveis que ela supostamente herdou do nosso tataravô, aquele famoso por mastigar lâminas de barbear e engolir espadas. — Semântica. Agora, desembucha.

— Não há nada para desembuchar — afirmo.

— Sim. Certo. Você está corando. Já transou com ele?

Eu reviro os olhos. — Nem *você* é tão safada.

— Só me diga. — Ela faz olhos de cachorrinho. — Eu não aguento mais o dis*curso* de suspense.

Eu deveria contar a ela sobre o acordo em que fomos forçados? Ninguém disse que tínhamos que manter isso em segredo de nossas famílias. Na verdade, não quero que minha família pense que isso é real, e contar a verdade para Seraphina é a mesma coisa que enviar um e-mail para todos eles descrevendo o que aconteceu.

Eu respiro fundo. — Tudo bem. Nós nos beijamos de novo, mas...

Ela grita tão alto que as orelhas de todos os meus ratos se animam. — Eu sabia que importunar você, o *curso* de informações daria frutos.

— Como eu ia dizer, foi só para as câmeras. — Marco e Polo correm, então eu acaricio os dois.

Ela inclina a cabeça. — Por que você o beijaria para as câmeras?

Explico que o vídeo viral é uma bênção financeira para o Florida Bears, e que Michael e eu estamos sendo pagos para manter o interesse do público. Não sei por que, mas também menciono os pequenos patins que ele tinha à mão, claramente para os pés delicadamente femininos de suas muitas Marias-patins.

— Você tem certeza de que são os Florida Bears que têm o in*curso* por esse beijo, e não seu amorzinho de urso?

Tenho certeza? — Essa conversa acabou.

— Por quê? — ela pergunta — É porque você não aguenta mais meus trocadilhos com ursos?

— Não, mas eles não ajudam — resmungo.

— Por favor, aceite meu re*curso* — ela diz — Eu vou ficar sem eles mais cedo ou mais tarde.

— Duvido que você fique sem.

— Você tem razão. Estou apenas conseguindo meu *excurso.*

— Eu tenho que ir. — Passo meu polegar sobre o botão "encerrar chamada".

— Espere — ela diz rápido — Use camisinha quando transar com ele. Você está no per*curso* fértil, afinal.

Eu termino a ligação no momento em que ela define uma camisinha para mim como um tipo de *polar*-ina feito de látex.

––––––

No dia seguinte, começo a praticar o truque que planejo revelar para meu primeiro jogo como mascote dos Bears: o jogo de exibição Yetis em Nova York.

Inspirada pelo ódio que estou começando a desenvolver pela imprensa, minha principal prioridade será o *photobombing*. Isso significa que assim que qualquer câmera der zoom em um jogador ou em um fã, eu vou pular na frente e fazer uma pose engraçada, e se tudo der certo, Wolfgang fará uma pose parecida com a minha. O problema com o *photobombing* é que é difícil de praticar, então, eu foco em algo fácil: a nova dança no gelo do Sr. Bloom.

Até agora, a dança – e eu uso esse termo muito vagamente – envolve fingir ser um T-Rex, amarrar as pessoas com um laço invisível e agir como um polvo que está prestes a ser morto por um chef de sushi. Ah, e de vez em quando, eu finjo o clássico movimento de palhaço de escorregar em uma casca de banana, e perto do final, eu me arrasto como um zumbi.

Quando termino a dança, há um aplauso lento e familiar atrás de mim que eu deveria ter esperado, mas não esperava.

Executando um giro elegante no gelo, aproveito o fato de que ele não consegue ver para onde estou olhando quando estou com a máscara e deixo meus olhos vagarem livremente por seu rosto. Maldito seja. Por que ele, dentre todas as pessoas, é tão gostoso? Não são apenas os músculos ou seus olhos penetrantes.

É seu cabelo. Dos pelos soltos do peito aparecendo através de sua camisa até os cachos escuros e selvagens em sua cabeça. Ah, e por último, mas não menos importante – no que diz respeito à minha libido – estão seus pelos faciais. Como se para me provocar, ele não se barbeia desde que o vi ontem, e o que era uma barba por fazer virou um começo de barba cheia.

Espere. Por mais que eu aprecie o banquete para os olhos, por que ele deixaria uma crescer?

— Eu estava ficando preocupado com sua sanidade — Michael afirma.

Eu tiro a máscara de urso só para poder encará-lo direito. — Minha sanidade não é da sua conta. Nada sobre mim é.

Ele solta um suspiro. — Eu estava só brincando.

— Isso não foi uma piada. Mas isso é: que cor de meia eu estou usando?

Ele lança um olhar para os meus pés. — É difícil de ver.

— Errado — digo — Eu não estou usando nenhuma. Eu tenho pés de urso. — Sim, Seraphina me contagiou.

Ele nem ri – provavelmente porque o tópico proibido de ursos foi abordado.

— Eu acho inteligente que você esteja se preparando. Ted apenas inventava coisas enquanto fazia, e nunca foi tão profissional quanto aquela dança.

— Espera. Isso foi um elogio? — Eu olho para Wolfgang. — O universo está prestes a implodir?

Wolfgang faz um som de tagarelice ao ranger seus incisivos.

Meine Liebe, no momento, as galáxias estão se afastando umas das outras, o que implica que o universo não deve implodir por um tempo, se é que isso vai acontecer. Eu teorizo que as galáxias estão perseguindo buracos negros supermassivos feitos do queijo mais delicioso.

— Está pronta para eu te acompanhar para fora? — Michael pergunta rispidamente.

— Tudo bem. Vamos — digo revirando os olhos e passo pelo meu vestiário antes de sair, sentindo seus olhos nas minhas costas.

A cada passo, meu batimento cardíaco dispara em antecipação ao que pode acontecer no estacionamento.

Afinal, nós nos beijamos para as câmeras ontem, então, deveríamos fazer isso de novo hoje, certo?

Para manter a consistência, é claro. Não tem nada a ver com essa barba.

Mais uma vez, o pessoal da mídia ainda está lá quando saímos, e eles gritam perguntas para nós que são interrompidas pela sugestão de Michael de que todos façam aquilo com seus malditos paus.

Assim que os jornalistas se assustam e nos dão

caminho, Michael pega meu cotovelo e me leva para o estacionamento, o que me faz sentir como se estivesse flutuando.

Quando nos aproximamos do meu Fusca, ele solta meu cotovelo.

— Vejo você amanhã — ele murmura.

Eu pisco para ele. — Você não está esquecendo de algo?

Ele arqueia uma de suas sobrancelhas grossas e sensuais. — O que estou esquecendo?

Eu gesticulo para os jornalistas. — Um beijo?

Ele parece ter acabado de contornar todas as defesas das abelhas e está prestes a saborear um pouco de mel premium. — Você não acha que eles tiraram fotos de beijos o suficiente ontem?

Eu umedeço meus lábios secos. — Não é sobre as fotos dessa vez. É sobre eles nos verem sendo íntimos, ou não. — Sim. É por isso que devemos fazer isso. — Não queremos que alguém escreva uma história sobre como já terminamos.

Ele se inclina, seus lábios tentadoramente fechados. — Você tem certeza de que é para eles? Talvez você *queira* que eu te beije.

Eu quase me transformo em um urso rosnador. — Nem se você fosse o último homem na Terra.

Ele dá de ombros. — Acho que podemos fingir um beijo para eles. — Ele vira as costas para os jornalistas e me envolve em um abraço, mas seus lábios estão a uma polegada de distância dos meus - o que pode muito bem ser um quilômetro. — Assim, eles vão pensar que estamos nos beijando — ele sussurra —, mas não estamos.

Meu coração está batendo rápido demais, e eu me sinto estranhamente arrepiada apesar do calor da Flórida. — Mas e se alguém tiver uma lente de foco longo e estiver se escondendo onde tem o ângulo certo? — sussurro, e mentalmente me chuto.

Ele vai me provocar de novo. Eu simplesmente sei disso.

— Se alguém tirar uma foto disso, eles terão uma foto de nós nos abraçando — ele murmura — Em que mundo isso os leva a concluir que terminamos?

Como ele ousa usar o bom senso e a lógica? Eu o afasto. — Vou para casa.

Ele me manda um beijo de escárnio no ar. — Bons sonhos, *ptichka*.

———

Eu acordo no meio da noite, molhada. Não, isso é um eufemismo. Preciso de uma palavra nova e melhor para descrever o quão desesperadamente preciso de liberação sexual.

Grr. Bastardo. É como se ele me amaldiçoasse quando me desejou 'bons sonhos' – e lá fui eu, sonhando com seu peito nu e passando meus dedos nos pelos ali. E isso não foi o pior. Senti sua barba naquele sonho, tanto quando nos beijamos quanto quando ele desceu – uma experiência gloriosa, mesmo que apenas na minha imaginação.

———

Mamãe liga enquanto dirijo para o trabalho e me diz que jornalistas estão rondando o circo, esperando me ver.

— É ótimo para os negócios — diz ela — Provavelmente todos nós vamos ganhar mais público graças a você.

— Fico feliz em poder ajudar. Só espero que eles não descubram onde moro atualmente e me incomodem lá.

Se descobrirem, Michael pode querer me acompanhar até a minha porta, e dessa forma existe a possibilidade de eu acidentalmente convidá-lo para entrar, e que seu pau acidentalmente acabe dentro de mim.

— Então — diz mamãe conspiratoriamente —, você já fez alguma aula de culinária?

O quê? — Por quê?

— Você tem um novo namorado — ela diz — Todo mundo sabe que o caminho para o coração de um homem é através do estômago.

Isso parece algo que um serial killer diria. — Seraphina não contou a todos vocês? — pergunto — Ele não é meu namorado. É só para o show.

— É, claro — ela diz — Eu vi o vídeo e as fotos. Se você fosse uma atriz tão boa, não estaria no circo. Estaria na Broadway.

— Eu *não* estou no circo — Eu a lembro —, e eu te asseguro, nada disso é real.

— Vamos concordar em discordar — diz mamãe.

— Esta não é uma situação em que você pode usar essa frase.

— Vamos concordar em discordar duas vezes então.

Eu quase atropelo uma tartaruga atravessando a rua. Felizmente, eu freio a tempo. — Eu esqueci de te dizer, estou dirigindo — digo para mamãe enquanto espero a tartaruga passar. — Não é seguro fazer várias coisas ao mesmo tempo assim.

— Nisso, estamos de acordo — ela diz e desliga.

Nisso estamos? Então, ela ainda acha que Michael e eu estamos namorando? Quer dizer, eu sei que ela e o papai querem netos, mas eu não percebi que o desejo ficou tão desesperado que está fazendo com que ela negue a realidade.

Tanto faz.

Quando finalmente chego ao trabalho, adio a troca para minha fantasia de urso. Preciso de alguns voluntários da equipe para ajudar com uma ideia que tenho para minha apresentação, e espero que eles me levem mais a sério em roupas de rua.

Então... cometo o erro de vê-los praticar. Ou, mais especificamente, cometo o erro de ver Michael fazer seus exercícios. Sua barba está ainda mais visível hoje, e é muito fácil imaginá-lo me perfurando, seu pau duro como um taco de hóquei e sua barba agradavelmente áspera na minha...

— Oi, Calliope — diz o Treinador, me assustando pra caramba.

— Olá, Treinador — Limpo minha boca na remota

possibilidade de que parte da quantidade abundante de baba que estou produzindo tenha escapado.

— Posso ajudar com alguma coisa? — ele pergunta.

— Sim. Faça Michael se barbear — digo abruptamente.

Dessa forma, será mais fácil manter minha sanidade perto dele, e reduzir a produção de fluidos corporais.

O Treinador sorri. — Desculpe, mas não posso. Eles nunca se barbeiam antes de um jogo importante, e eu não vou atrapalhar isso. Particularmente no caso de Michael, porque quando ele entrou pela primeira vez, ele zombou dessa superstição em particular com base em 'muitas pessoas estão fazendo isso, então, como isso pode lhe dar uma vantagem?' O fato de que ele se juntou a eles desde então me diz que ele *realmente* quer ganhar o próximo jogo.

Ele acabou de dizer "eles"? Olho para o resto dos jogadores. Sim. Todos estão realmente sem se barbear. É que Michael consegue deixar sua barba crescer mais rápido e mais espessa.

Falando em Michael, eu o pego me encarando, sem motivo algum, então eu mostro o dedo médio e me viro para o Treinador. — Eu estava brincando, de qualquer maneira. Mas eu poderia ter alguma ajuda.

— O que eu posso fazer? — o Treinador pergunta.

— Não tenho certeza se quero fazer isso com você — digo — É melhor eu chamar alguns voluntários do time.

— Claro. Vá em frente. — Ele usa seu apito, e todos olham para nós.

O Treinador gesticula para eu falar.

— Eu preciso de alguns voluntários — anuncio.

Os rostos barbudos olham para mim como se eu fosse morder.

— É para a minha apresentação — explico — Eu gostaria de fazer algo onde eu estico uma corda imaginária no gelo, e então alguns de vocês vão tropeçar nela, como se fosse real.

Muitos dos caras acenam com a cabeça em aprovação, até ouvirem um rosnado baixo, é claro.

— Eu sou voluntário — Michael afirma — e mais ninguém.

Olho para ele, incrédulo. — Você não entende como funciona o voluntariado?

Ele patina até mim. — Você quer que eu retire minha oferta?

— Não. Te encontro aqui. — Revirando os olhos, viro-me e vou para meu vestiário para me vestir.

Depois que a fantasia está posta, coloco Wolfgang no meu ombro e me examino no espelho para entrar no personagem.

— Homem-urso excitado como um cervo. Rugir. Homem-urso quer gozar nos peitos grandes do seu Pupuzinho para as câmeras.

Wolfgang esfrega o rosto com as patas.

Meine Liebe, esse sujeito Homem-urso parece que só precisa de rações regulares de queijo.

Sentindo-me pronta para qualquer coisa, volto para a pista, onde Michael está me esperando junto com o Treinador.

Enquanto explico o que quero fazer, o Treinador sorri, mas o rosto de Michael está completamente impassível, como se eu estivesse falando sobre meu imposto de renda, e não uma brincadeira divertida.

Então, depois que eu faço uma algazarra sobre colocar a corda invisível no gelo, Michael patina e cai deliberadamente.

— Isso foi terrível — digo — Precisa parecer natural. Foi só você caindo de propósito.

As narinas dele se dilatam. — Como diabos eu caio naturalmente?

— Como se fosse um acidente. — Olho para o Treinador em busca de ajuda.

— Ei, Michael — diz o Treinador, seus olhos enrugando. — Se isso é muito infantil para você, tenho certeza de que Dante ficaria feliz em ajudar Calliope.

— Sobre o cadáver dele — Michael rosna e se vira para mim. — Só me mostre como você quer que eu caia, e eu farei dessa forma.

Huh. — Assim. — Patino em direção à corda invisível, então ajo como se fosse um laser que cortou a sola dos meus pés. Eu choro de dor, agito meus braços como se tivesse sido atacada por um enxame de abelhas, então, agarro meu peito e caio no gelo, me contorcendo enquanto finjo expirar.

— Isso foi natural? — Michael olha de mim para o Treinador.

— Foi inspirador — diz o Treinador — As crianças vão adorar.

— E desde quando hóquei é um esporte para crianças? — Michael resmunga.

— Você não começou aos quatro? — o Treinador rebate.

O rosto de Michael fica excepcionalmente sombrio, até mesmo para ele. — Deixe-me tentar a porra da queda. — Rangendo os dentes em determinação, ele patina até a "corda" e então repete o desafio ridículo que eu estabeleci para ele – exceto que ele consegue fazê-lo com uma graça predatória mais típica de um felino.

— Como? — pergunto a ninguém em particular.

— Sua inteligência cinestésica está fora dos gráficos — diz o Treinador.

Troco um olhar confuso com Wolfgang. — Isso significa que Michael pode ler mentes?

Meine Liebe, minha mente é facilmente lida. 'Queijo.'

— Não. — O Treinador ri. — Significa que ele pode usar seu corpo com grande precisão.

A intenção do Treinador era me dar uma enxurrada de imagens sujas, aquelas em que Michael usa seu corpo em mim... com grande precisão? Espera. Isso faz parecer que meus buracos são difíceis de acertar ou algo assim, o que eles...

— Como foi? — Michael rosna.

— Muito... preciso — digo —, mas nada engraçado.

— Mas o potencial está lá — o Treinador diz rapidamente. — Você pode fazer de novo, mas fingindo que está muito bêbado?

Resmungando algo sobre todo mundo enfiar o pau

em algum lugar, Michael tenta novamente, e desta vez, sua queda é a própria hilaridade.

— Aí está — o Treinador diz —, eu sabia que você conseguiria.

— E você é um bom treinador, Treinador — acrescento.

Michael estica os braços, que provavelmente estão doloridos de tanto agitar. — Quem diria que parecer um idiota de merda seria um desafio tão grande.

— Mas você faz isso tão naturalmente — digo, batendo meus cílios para ele, toda inocente.

— Eu caí nessa, não foi? — ele rosna.

— O lado bom — diz o Treinador —, eu estava dizendo que você precisa fazer mais assistências, e essa foi excelente.

Uma mulher limpa a garganta atrás de nós. Acontece que é Linda do RH.

— Espero não estar interrompendo.

— Quanto disso você viu? — pergunto.

Ela estremece. — Você está perguntando se eu vi nosso jogador mais caro quase quebrar o pescoço?

Mais caro? Jogadores de hóquei são pagos proporcionalmente à sua rabugice?

— O que você quer? — Michael pergunta.

Ela se move de um pé para o outro. — Eu queria falar algo para vocês dois. Uma ideia de RP. — Ela estremece. — Tem a ver com suas acomodações em Nova York.

— O que tem elas? — pergunto.

Linda enxuga uma gota de suor da testa. — Eles —

nós – queríamos saber se vocês dois ficariam bem dividindo um quarto de hotel.

Sinto como se meu cérebro tivesse acabado de tropeçar na corda invisível e estivesse agitando seu hipocampo e hipotálamo enquanto pousa em sua amígdala.

— Eu e ele? — Aponto para Michael. — Ou ele e o Treinador?

O Treinador levanta as mãos como se eu tivesse uma arma apontada para seu peito. — Vou ficar com minha esposa. Desculpe.

— Por que diabos? — Michael exige.

— Para alimentar ainda mais os rumores — diz Linda — Senão, a imprensa pode começar a questionar se vocês estão realmente juntos. Vocês dois não têm sido vistos muito juntos, então...

Olho para ela. — Eu não vou fazer isso.

— Eu também não — diz Michael, seus olhos negros brilhando de ira.

— Será um quarto com duas camas — Linda se exalta. — Com uma divisória entre elas também.

— Essas divisórias não são feitas de papel e madeira? — Olho de relance para a virilha de Michael sem motivo algum. — Não estou exatamente tranquila.

Michael não responde, mas sua expressão faz Linda dar um passo para trás.

— O Sr. Ironside, o dono da equipe, está disposto a dar a vocês dois um bônus pelo inconveniente — ela diz em um sussurro mais audível. — Vinte por cento de seus salários anuais. — Ela encara Michael. — Ele também disse que doaria cem vezes mais para o seu...

— Fechado — Michael rosna e se vira para mim. — Eu, é claro, serei um perfeito cavalheiro.

— Tudo bem — digo, provavelmente porque meu cérebro ainda está em pane. — Eu farei isso. — Esse dinheiro vai percorrer um longo caminho para o meu sonho de show de ratos.

Enquanto Linda foge, estreito meus olhos para Michael. — Para o que ele está doando dinheiro?

— Eu tenho que me trocar — ele diz, ignorando minha pergunta. — Onde você quer se encontrar para que possamos sair juntos?

— Pelas portas da frente?

Com um aceno de cabeça, ele se afasta.

Eu me viro para o Treinador. — Você sabe para que serve o dinheiro?

— Eu sei — diz o Treinador —, mas é o projeto secreto de Michael, então você terá que fazê-lo te contar. Desculpe.

Projeto secreto? — Ele dirige uma sociedade de preservação de ursos? — Isso é algo para o qual um cara rico pode querer doar dinheiro.

O Treinador balança a cabeça. — Por favor, não me coloque nessa posição.

— Tudo bem. Acho que vou me trocar.

O Treinador parece aliviado, e é por isso que não dou a ele meu segundo palpite: uma instalação de alta tecnologia onde brinquedos, pornografia e zebras são habilmente utilizados para encorajar pandas gigantes a acasalar.

habilmente utilizados para encorajar pandas gigantes a acasalar.

CAPÍTULO 11
MICHAEL

— Você está bem? — Dante me pergunta quando entro no vestiário.

Bato a porta do meu armário com força. — Esses filhos da puta querem que eu e Calliope fiquemos no mesmo quarto de hotel em Nova York.

Dante bufa. — Você e a garota que você gosta passando uma noite juntos. Que horror.

Eu me viro para ele. — Não me teste. Além disso, a porra da Linda quase contou a Calliope sobre meu projeto secreto.

Ele dá de ombros. — Seria tão ruim se ela soubesse? Ela pode realmente gostar mais de você.

— Que se foda — Eu tiro minha camisa.

— Ela pode fazer isso também, se ela soubesse sobre...

— Cale a porra da boca — sibilo para Dante porque Jack sai do chuveiro - e ele não sabe do meu segredo, e nunca saberá.

— Ela poderia até ajudar — Dante diz vagamente — Se eu fosse você, eu a levaria para a arrecadação de fundos quando...

— Qual parte do 'cale a boca' você não entendeu? — rosno.

Mas, novamente, vale a pena considerar a ideia dele. Não que ela concordaria em me acompanhar em qualquer evento.

Trocando de roupa rapidamente, corro escada abaixo, onde espero pelo que parecem horas até Calliope aparecer.

— Finalmente — Não consigo deixar de dizer quando ela aparece.

— Eu poderia ir sozinha até o carro — ela retruca.

Sem me dar ao trabalho de responder, abro a porta e canalizo minha frustração para os filhos da puta lá fora.

Infelizmente para meus punhos coçando, eles abrem caminho para nós, então pego *Ptichka* pelo cotovelo e a conduzo pelo estacionamento – pronto para socar qualquer um que nos faça alguma pergunta idiota. Aqui, novamente, não tenho a chance.

Falando em pessoas que eu socaria... — Você viu algum outro sinal do seu perseguidor?

Ela balança a cabeça. — Não sabemos se era um perseguidor, mas não. — No entanto, ela parece um pouco insegura.

— Há outra coisa, não há?

Ela hesita. — Agora que penso nisso, quando cheguei ao meu apartamento no meu primeiro dia, algo parecia estranho. Havia algumas manchas nas paredes, e algumas tábuas do assoalho pareciam ter sido arrancadas e depois recolocadas.

— Perseguidor de merda — rosno.

— Ou foi minha imaginação — ela diz — Além disso, não tenho certeza se o vídeo era viral naquela época.

Eu fecho e abro meu punho. — Você tem um sistema de segurança?

— Não.

— Vou fazer algumas ligações. Um será instalado hoje à noite.

Ela revira os olhos. — Isso parece exagero.

— É melhor ter um sistema de segurança e nunca precisar dele.

— Tanto faz. — Seu nariz de formato clássico enruga. — Agora... você pode me dizer qual é seu projeto secreto?

Eu me inclino. — Você consegue guardar um segredo?

Ela assente ansiosamente e chega tão perto que quase consigo sentir o gosto de seus lábios.

— Eu também — digo e observo a decepção se espalhar por seu rosto.

— Tudo bem — ela diz — Estou indo — No entanto, ela não se move nem um centímetro. Um bater de asas de borboleta é tudo o que seria necessário para que nossos lábios se encontrassem.

Meu coração bate forte, e minha voz está um pouco

rouca demais quando digo: — Não temos algo para fingir?

Seus ombros caem de forma atraente. — Nem todo mundo dá um beijo de despedida na namorada todos os dias.

— Se você fosse realmente minha, eu daria.

Cacete, o que estou dizendo? Por que estou dizendo isso? É como se um demônio tivesse tomado conta da minha língua. Ou do meu pau.

Ela umedece os lábios. — Parece que não temos muita escolha.

O demônio me empurra por trás, me fazendo abaixar a cabeça, e meus lábios se chocam contra os dela.

Seu suspiro ofegante de surpresa me diz que ela não esperava por isso, mas ela não me afasta. Não, ela retribui o beijo com uma paixão que poderia lhe render um Oscar.

Eu a puxo para mais perto e ela se derrete em mim, suas partes macias deixando minhas partes duras loucas.

O som das câmeras clicando me traz de volta à realidade, e eu me afasto dela.

Com os olhos arregalados, ela toca os lábios. — Aposto que foi bem convincente.

Concordo. — Vejo você amanhã, *ptichka*.

Com isso, me arrasto para longe e vou para casa meio atordoado. Quando chego lá, dois jornalistas estão me esperando, e um pergunta sobre Calliope.

Destruo a câmera dele primeiro, depois, faço o

mesmo com o outro babaca. Então, prometo quebrar partes do corpo se os vir de novo e entro em casa.

Finalmente. Ainda estou dolorosamente duro depois daquele beijo, então, aperto meu pau para aliviar a tensão. Depois, janto e entro no computador para trabalhar no meu projeto secreto.

Quando meus olhos se cansam de olhar para o monitor, já tenho um novo patrocinador garantido e consegui um convite para uma arrecadação de fundos onde posso conhecer mais pessoas enquanto estou em Nova York. É um evento black-tie, então, vou até a mala que já preparei e coloco meu smoking nela.

O problema é que só me vestir para o papel não vai me ajudar a conseguir mais patrocinadores. Vou precisar conversar e ser educado pra caramba, o que não é meu forte.

Talvez o Treinador esteja certo. Talvez eu devesse pedir para Calliope se juntar a mim. Apesar de ser uma pessoa do contra que sem dúvida teria um rato no ombro até mesmo em um evento de gala, ela faria um trabalho muito melhor do que eu quando se trata de encantar as pessoas. Algo nela simplesmente atrai você. Alguma espécie de brilho, por falta de um termo melhor, e não me refiro apenas à cor das unhas dela.

Mas não. Não posso. Parece muito com um encontro de verdade. E pareceria um também, o que é a última coisa de que precisamos.

Fechando meu computador, vou até meu telescópio e relaxo observando a família de falcões.

No dia seguinte, no final do treino, percebo que quase perdi a voz de tanto gritar com meus companheiros de equipe.

Suando em bicas, aproximo-me do Treinador enquanto ele fala com Calliope e a pego perguntando:

— Talvez você devesse matriculá-lo em aulas de controle da raiva?

— Foda-se — rosno —, mas você poderia matricular esses preguiçosos em algumas aulas de 'introdução ao hóquei'.

O Treinador se vira para mim. — Eu sei que você quer vencer, mas talvez esteja se esforçando demais e aos outros?

Estreito meus olhos para ele. — Você não deveria querer que a gente ganhe mais do que eu, Treinador?

— É um jogo de exibição — Ele me lembra. — Um treino chique. Não há prêmio em dinheiro. Nenhum impacto nas classificações. Não conta para nada.

Eu balanço minha cabeça veementemente. — Depois que os derrotarmos, meu prêmio será as expressões em seus rostos. — Especialmente um rosto específico.

— *Se* os derrotarmos — diz o Treinador — Nossas chances não são tão boas. Eles são um time muito mais forte e...

— É por isso que eles vão estar confiantes demais — digo — e não se esforçarão ao máximo, por todos os motivos que você mencionou.

— Então, por que *você* quer tanto derrotá-los? — pergunta Calliope no momento em que Dante patina até nós e tira a máscara, quase nos cegando com sua palidez.

— Porque eles o demitiram — diz Dante sem perder o ritmo — E não são só todos eles que ele quer derrotar, mas Mason Tugev especialmente. O responsável por tal demissão.

Contenho todos os meus impulsos violentos. Dante é um amigo. Além disso, ele é um goleiro excepcional, e precisamos dele para o jogo em questão. — Tugev realmente alegou que foi o treinador deles que me demitiu — resmungo — A verdadeira razão pela qual eu quero derrotá-lo é porque ele acha que é o melhor da liga.

— Ele e o resto do mundo — diz Dante —, exceto a atual companhia, é claro.

— Mason Tugev — repete Calliope com uma carranca. — Esse cara não é o bilionário?

— Exatamente — digo severamente —, e todo esse dinheiro o deixou mole, tenho certeza.

— Ele é o dono do time agora — acrescenta o Treinador —, então, ele provavelmente está pensando em aposentadoria em vez de vencer.

— Aí está — digo — Esta pode ser minha última chance de vencê-lo.

— Você não quer que *seu* time vença o *dele*? — pergunta o Treinador com um sorriso.

— Tenho certeza de que ele quis dizer exatamente o

que disse — diz Calliope revirando os olhos. — O ego do homem é do tamanho do Monte Everest.

Dante dá um high five com ela, e eu quase quebro o braço dele por ousar tocá-la – amigo/goleiro ou não. O que me impede é a mão do Treinador no meu ombro.

O homem me entende muito melhor do que qualquer outra pessoa.

— Então, Calliope — diz o Treinador —, alguma travessura nova com a qual você precisa de ajuda? — O bastardo olha incisivamente para mim.

— Na verdade, sim — diz ela —, mas não tenho certeza se devo esclarecer isso com todos ou apenas mostrar a eles.

— Esclareça com *ele* — Dante e o Treinador dizem em uníssono, olhando para mim.

— Especialmente se você estiver planejando para o jogo dos Yetis — acrescenta o Treinador.

Ela suspira. — OK. Eu estava planejando atacar você com um dedo gigante de espuma depois que você marcar um gol.

— Você tem patas peludas — diz Dante —, como vai segurar um dedo gigante de espuma?

— Esse é o meu re*curso* — diz ela.

Eu cerro os dentes. — Tudo bem. Você pode usar o dedo. — Mas só porque o plano pressupõe que eu *marcarei* um gol.

Ela ri. — Vou chamar essa parte de 'Michael toma uma dedada.'

O Treinador e Dante riem alto, e minha única opção não violenta é me virar e ir embora.

Quando saio do vestiário, Calliope está me esperando, e ela parece ainda mais deliciosa agora que o volumoso traje de mascote não está escondendo suas curvas.

— Ei — diz ela — Você está louco?

— Louco tipo insano?

Afinal, eu concordei em fingir namorar essa mulher.

— Louco tipo com raiva — ela diz com um leve revirar de olhos. — Você estava sendo anormalmente agradável quando disse sim para – vamos chamar de Projeto Dedo de Espuma – e eu fiz uma piada às suas custas em vez de agradecer.

— Anormalmente agradável? — Eu arqueio uma sobrancelha. — Você pode ser pior em pedir desculpas do que eu.

— Desculpe. Agora, podemos ir?

— Claro. — Como se estivesse possuído, eu a seguro pelo cotovelo ali mesmo – sem nenhum jornalista à vista. Se ela se importa, não demonstra, então, andamos assim até o carro dela.

— Então... — Ela acena para os idiotas com câmeras e morde o lábio inferior. — Vamos?

Oh, sim. Eu a beijo mais uma vez, o gosto de algodão doce tão inebriante quanto excitante. O mundo ao nosso redor parece desaparecer, pelo menos até que ela gentilmente se afasta de mim – momento em que ouço os cliques das câmeras sobre o martelar do meu batimento cardíaco.

— Vejo você amanhã — ela diz timidamente.

O melhor que posso fazer em termos de respostas é um grunhido. Mas, ei, poderia ter sido pior.

Eu poderia ter rosnado.

———

Os próximos dias se misturam. Eu pratico como se minha vida dependesse de vencer, e então, beijo Calliope para as câmeras com um fervor semelhante e sem me importar com o quão azuis minhas bolas ficam. Depois disso, eu me masturbo, trabalho na arrecadação de fundos, olho para os falcões e durmo, então lavo e repito.

— Então... — Calliope diz depois que relutantemente nos desconectamos do beijo no dia do nosso voo. — Vejo você no avião, certo?

— Correto. — Duvido que fosse necessário, mas já avisei aos meus companheiros de equipe que vou sentado ao lado dela e que é melhor eles ficarem longe sob pena de... muita dor. — Por que a pergunta? Você queria assistir a um filme juntos?

Os olhos dela brilham. — Podemos?

— Claro. Que tipo de filme você gosta?

Ela lança um olhar para Wolfgang. — *Ratatouille* é meu favorito, mas também gosto de *Encanto*, por causa dos amigos de Bruno.

Graças ao meu projeto secreto, estou realmente familiarizado com os filmes em questão, então pergunto: — Podemos falar sobre Bruno?

Os olhos dela se arregalam. — Você está certo. *Não falamos do Bruno. Não. Não. Não.*

Resisto à vontade de beijá-la novamente. — Então... os filmes que você gosta sempre têm ratos?

Ela balança a cabeça. — Eu gosto de *O Pequeno Stuart Little*, e ele é um camundongo.

— Ah. Você gosta de roedores então.

Ela balança a cabeça novamente. — Eu gosto de Pikachu, e ele é um Pokémon, uma criatura fictícia com superpoderes.

— Sim, mas ele ainda parece um roedor.

Ela estreita os olhos. — Como você está tão a par das coisas que as crianças gostam? Você tem algum filho?

— Não.

— Sobrinhas ou sobrinhos?

— Não. — A palavra sai mais rosnada do que eu pretendia. — Eu não tenho família. — Caralho. Como chegamos a esse assunto?

Ela me olha boquiaberta. — Ninguém?

— Não. Eu cresci em um orfanato russo, e quanto menos falarmos sobre isso, melhor. — Senão eu poderia ficar furioso com os idiotas da mídia por perto, e isso não seria bom para as relações públicas do time.

— Desculpe — ela sussurra, olhando para mim. — Eu não sabia.

Sinto um músculo pulsar no meu maxilar. — Podemos mudar de assunto?

— Sim. Claro. Vamos terminar de falar sobre filmes.

De que tipo você gosta? Talvez possamos encontrar um que nós dois gostemos?

— Eu gosto de filmes com espiões e super-heróis — digo — Minha personagem favorita é a Viúva Negra.

Ela revira os olhos. — É porque você acha Scarlett Johansson gostosa?

— Não. Eu me identifico com a história de fundo da personagem dela.

Merda. Por que eu disse isso?

Quando Calliope me encara como se eu tivesse uma segunda cabeça, sou forçado a explicar. — Nascida na Rússia, recrutada para um programa de treinamento exaustivo. A única diferença é o currículo: espionagem versus hóquei.

Ela apenas continua me encarando, seu rosto um caleidoscópio de emoções. — Então, quando o treinador disse que você começou a jogar hóquei aos quatro anos, não foi voluntário?

— Não foi, mas comecei a gostar de hóquei logo depois disso, e entendi que minha vida seria muito pior sem ele. Ainda assim, ser treinado usando métodos da era soviética não é algo que eu recomendaria, nem mesmo para meus inimigos.

Ela pega minha mão na dela, sua pequena palma macia e quente ao redor dos meus dedos. — Sinto muito... de novo.

— Está tudo bem. — Aceno para os jornalistas. — Eles provavelmente estão tirando ótimas fotos de nós dois tendo uma conversa franca, então é isso.

— Sim — ela diz e solta minha mão.

Lamento a perda do seu toque, mas não posso dizer isso a ela. — Tem alguma sugestão de filme? — pergunto em vez disso.

Ela concorda. — Que tal *O Esquadrão Suicida*?

Inclino minha cabeça. — O antigo ou o novo?

Ouvi dizer que a versão mais antiga é uma porcaria.

— Só a mais nova tem o 'O' no título — ela diz —, e é a única que tem Ratcatcher 2, uma personagem que gosta de ratos tanto quanto eu.

— Sem spoilers — digo rispidamente —, eu não vi.

— Oh. — Ela sorri. — Você vai se divertir.

Caralho. Por que de repente parece que estamos indo a um encontro no cinema? O pior é que não podemos nem dizer a nós mesmos que isso é parte do estratagema de sempre, já que estaremos no ar, então ninguém, exceto minha equipe, verá isso, e eles já acreditam que somos um casal.

— Seria uma boa ideia nos beijarmos de novo? — Calliope pergunta timidamente. — Imagino que é isso que um casal de verdade faria depois de uma conversa franca.

Boa ideia? Claro que não. Mas eu a puxo para mim, de qualquer maneira, e a beijo com tudo que tenho.

CAPÍTULO 12
CALLIOPE

No caminho para casa e durante o trajeto para o aeroporto, reflito sobre o que aprendi sobre Michael hoje – e enriqueço essas informações com quaisquer outras que consigo localizar online. Aparentemente, quando recém-nascido, ele foi deixado na porta de um orfanato em Novosibirsk, uma cidade na Sibéria, uma parte da Rússia famosa por ser tão fria e escura que você poderia punir as pessoas mandando-as para o exílio lá. Aos quatro anos de idade, Michael foi descoberto por um treinador de hóquei devido à sua aptidão para o esporte. Ele teve uma carreira inteira no hóquei quando adolescente na Rússia e, quando se tornou adulto, mudou-se para os Estados Unidos.

Por fazer parte de uma família extremamente grande e barulhenta, não consigo imaginar crescer sem eles. Nem consigo imaginar viver em um lugar tão frio quanto Novosibirsk. O dia mais quente deles acontece logo abaixo da temperatura que teríamos no dia mais frio aqui na Flórida, então, estremeço ao pensar em como é o inverno deles.

Uma coisa que Michael e eu compartilhamos é o fato de que alguém nos treinou cedo na vida, mas no meu caso, foi um treinamento bem gentil, considerando tudo.

Então, sim, Michael claramente teve uma infância difícil, o que pode explicar um pouco de sua rabugice.

Meu coração dói quando o imagino como um garotinho, com olhos negros e cheios de alma e o bigode precoce mais antigo da história. Se eu tivesse uma máquina do tempo, eu...

O carro para, interrompendo meus pensamentos. A porta se abre para revelar Michael em toda a sua glória.

Meu coração já sobrecarregado dá uma cambalhota. O homem está usando uma camiseta justa, assim como short que expõe suas pernas poderosas e deliciosamente peludas. Ah, e ele até aparou a barba.

— Não — ele diz severamente para o motorista, que acaba de abrir o porta-malas. —, vou pegar as malas dela.

Enquanto ele traz minha mala, pego minha caixa de transporte de ratos do assento ao meu lado e saio.

— Quantos ratos você tem aí? — Michael pergunta, olhando para minha caixa de transporte.

— Seis — respondo — Os que você não conhece são Lenin, Marco, Polo, Damon e Catnip.

— Lenin? — Michael arqueia uma sobrancelha. — Isso é por causa...

— Um camarada da sua terra natal. — Aponto para Lenin, então ele percebe a semelhança estranha.

— Por quê? — Michael pergunta.

Hum. Acho que ele não consegue ver. — Ele cresceu para se parecer com seu homônimo, mas mesmo quando filhote, ele parecia um comunista, sempre infeliz com a quantidade de guloseimas que eu dava a ele e com a distribuição de guloseimas em geral. Pensei em chamá-lo de Karl, em homenagem a Marx, mas então, eu teria dois ratos com nomes alemães.

— Você tem Marco e Polo. Esses dois nomes não são italianos?

Eu suspiro. — Marco e Polo são gêmeos idênticos, então... acho que isso permite uma exceção. — Quer dizer, presumo que sejam gêmeos idênticos. Eles vieram da mesma ninhada e parecem e agem exatamente iguais.

Ele estuda os ratos na transportadora com fascínio. — Todos os seis parecem idênticos para mim.

— Uau. Isso é uma coisa bem *ratista* de se dizer.

Ele revira os olhos. — Pronta para embarcar?

Eu assinto e entramos no jato particular, que é para aviões comerciais o que a primeira classe é para a classe econômica. Os assentos são maiores do que minha poltrona em casa, e há espaço suficiente ao redor de cada um deles para um homem do tamanho de Michael se espalhar confortavelmente.

— Aqui. — Michael gesticula para um par de assentos adjacentes perto do Treinador e de Dante. — Sente-se ali.

Eu o faço, e antes que eu possa comentar o quão confortável é o assento, ele senta no dele e aperta um botão que faz nossos assentos se juntarem, transformando-os em um sofá improvisado.

Seus companheiros de equipe estão rindo?

Michael os encara, e todos ficam em silêncio.

— Vamos assistir ao *O Esquadrão Suicida* — Michael anuncia — Alguém tem algum problema com isso?

Ninguém admite ter problemas com isso, embora Dante murmure algo sobre não ser o filme mais romântico.

— Posso lhe oferecer alguma bebida? — pergunta uma aeromoça que claramente trabalha à noite como ninja e nos fins de semana, como supermodelo.

— Suco de tomate — responde Michael.

— Sem álcool — ela diz em tom de aprovação, então pisca seus cílios ridiculamente longos para ele. — Você tem aquele jogo importante amanhã.

Sério? — Vou tomar um Bloody Mary — digo bem incisivamente.

Dada a expressão no rosto perfeito da mulher, você pensaria que ela realmente não tinha me notado até aquele segundo. — Claro — ela diz distraidamente. Virando-se para Michael, ela canta: — Você gostaria de sal no seu suco?

Ah, vamos lá. Que tal me perguntar quanta vodca eu

quero na minha bebida, ou quanto molho picante e assim por diante? Além disso, tenho a estranha sensação de que ela planeja incluir cuspe, ou até mesmo um pouco de cianeto.

Para seu crédito, Michael apenas rosna negativamente sem nem mesmo olhar para ela.

— Você gostaria de mais alguma coisa? — ela pergunta em um tom que implica que sua boceta está na lista de ofertas.

Michael olha para mim, e tem que ser minha imaginação hiperativa, mas os cantos de seus lábios parecem se levantar, como se em uma sugestão de sorriso. — Seus ratos precisam de uma bebida?

— Ratos? — Os olhos da aeromoça ficam tão grandes que ela não pareceria deslocada em um anime.

Eu apresento a transportadora a ela do jeito que Rafiki fez com Simba.

O que acontece com a aeromoça é melhor descrito pela expressão "um ataque de nervos". Ela grita como uma macaca excitada, fica mais pálida que Dante e então sobe no Treinador como uma árvore.

— Meus ratos são inofensivos — digo depois que os gritos diminuem —, e eles estão dentro do transportador.

Por enquanto, pelo menos. Estou pensando em deixá-los sair para esticar as pernas, mas entre a possível turbulência e tantos jogadores de hóquei gigantes ao redor, não tenho certeza se vou arriscar.

Um dos pilotos sai, junto com outra comissária de

bordo – uma mulher que é ainda mais atraente do que a histérica.

— Qual parece ser o problema? — o piloto questiona.

Eu mostro a ambos meu transportador. — Acho que ela tem medo dos meus animais de apoio emocional.

Tanto o piloto quanto a outra comissária de bordo reagem tão calmamente à visão dos meus ratos que você pensaria que eles encontram passageiros como eu todos os dias.

— Ei, Preciosa — diz o piloto, olhando para a comissária de bordo em cima do Treinador. — Você vai conseguir se recompor?

Preciosa? Ela foi nomeada por Gollum?

Com um esforço visível, Preciosa desce do Treinador e balança a cabeça.

Uma confusão se inicia durante a qual Preciosa é trocada por alguém que é muito menos ratofóbico. Enquanto isso, os jogadores de hóquei provocam o Treinador por estar nervoso após ser agredido por uma mulher que não é sua esposa.

— Desculpe, pessoal — digo quando as piadas sobre o Treinador diminuem. — Eu não queria nos atrasar.

— Não se preocupe com isso — diz Dante — Ela tentou flertar com seu homem, então você teve que soltar uma praga de ratos nela. É lógico.

Eu franzo a testa. — O substantivo coletivo para ratos é ninhada.

— Não é um enxame? — Canguru Jack entra na conversa.

— Ninhada — digo com firmeza.

— Uma praga é um grupo de gafanhotos — diz o Treinador, claramente satisfeito com a mudança de assunto.

— Preciosa tem sorte de ter ido embora antes do filme começar — digo — Há...

— Sem spoilers — Michael rosna — Na verdade, por que não começamos o filme antes que alguém estrague tudo?

Em resposta, uma tela grande rola para baixo na nossa frente, e o logotipo do estúdio de cinema aparece.

No meio da primeira cena, somos ordenados a apertar o cinto para a partida. Assim que podemos soltar o cinto, Michael se aproxima e me envolve em seu braço grande, causando um curto-circuito no meu cérebro.

Recuso todas as bebidas e comidas que me são oferecidas e não lembro ninguém sobre o Bloody Mary porque não tenho certeza se ele não conterá o cuspe da Preciosa – ou pior. Sinto-me grata por já ter visto esse filme antes porque duvido que me lembraria de algo sobre ele além do calor do braço de Michael. Não calor, fervura. O dito braço permanece pendurado no meu ombro até os créditos rolarem, momento em que meus ovários liberaram uma dúzia de óvulos que agora estão todos estatelados no meu útero.

— Não é suspeito que estejamos pousando bem quando o filme termina? — pergunta Dante.

— Coincidência — diz o Treinador — Este filme

tem duas horas e pouco, assim como o voo da Flórida para Nova York.

Todos discutem isso enquanto Michael e eu saímos furtivamente e entramos em uma das limusines que nos aguardam.

Uma vez dentro do veículo, apesar da quantidade obscena de espaço, sentamos um ao lado do outro, tão próximos, na verdade, que sinto formigamento novamente.

— Eu realmente gostei daquele filme — ele diz enquanto começamos. — Obrigado.

Filme? Que filme? Tudo o que me lembro é do braço dele em volta do meu corpo e ondas e ondas de hormônios felizes.

Eu limpo minha garganta inexplicavelmente seca. — Você está se sentindo pronto para o jogo amanhã?

Ele concorda. — Eu vou esmagar Tugev.

Eu rio. — Ótimo. Isso não parece algo que um vilão maligno diria. De jeito nenhum.

Ele dá de ombros. — Como você acabou de ver naquele filme, a linha entre vilão e herói pode ser tênue.

Antes que eu possa responder, Wolfgang solta um pequeno guincho da caixa de transporte de ratos.

— Ah, certo. — Eu o tiro e o deixo empoleirar-se no meu ombro. — Bom trabalho sendo paciente até agora.

Wolfgang pisca para mim.

Meine Liebe, a maneira correta de mostrar sua apreciação é com uma porção generosa de queijo.

— Tudo bem — digo a ele — Vou pedir um prato de queijo quando chegarmos ao hotel.

A ninhada gorjeia animadamente. Eles parecem ter aprendido a palavra com "q".

— Você fala com eles? — Michael pergunta. Ele não parece desaprovador, como meu ex era, apenas curioso.

Eu sorrio timidamente. — Eles são meus amigos.

— Acho que entendi — ele diz.

Eu o examino com ceticismo. — Você entende?

— Por que não? — ele pergunta — Você ainda acha que eu sou algum tipo de monstro?

Os ouvidos de Wolfgang se animam. Ele deve ter ouvido "Munster", como o queijo.

— É que você nunca mencionou nenhum animal de estimação — digo.

— Quando eu deveria mencionar isso? Depois que você jogou uma torta na minha cara? Ou depois que você me fez fingir de morto, como um cachorro?

Reviro os olhos. — Você esqueceu 'depois de ser molestado com um dedo gigante de espuma".

— Eu não esqueci — ele rosna — O dedo de espuma é algo que está no meu futuro brilhante, mas tenho certeza de que você vai me fazer todo tipo de pergunta pessoal depois.

— Ei, você começou — É a resposta mais madura que consigo dar. — Além disso, você não me deixa pregar peças em mais ninguém além de você.

— Tanto faz — ele diz rispidamente. Ele espera um

pouco e então admite: — Eu não tenho nenhum animal de estimação.

Eu aperto os olhos. — Mas tem alguma coisa. Eu consigo perceber.

— Nenhum animal de estimação — ele diz novamente, mas parece estranhamente hesitante.

— Que tal um aquário? — sugiro — Um com um chupa-lombo espinhoso dentro? — É um peixe que um dos meus primos tem, e eu nunca vi uma criatura que se parecesse tanto com seu nome e seu dono.

— Eu não tenho nenhum bicho de estimação — ele diz entredentes —, eu só observo pássaros.

Ele é um observador de pássaros? Eu nunca teria imaginado isso em um milhão de anos. — Que tipos de pássaros?

— Todos os tipos.

Eu sorrio. — Então... pinguins? Avestruzes?

Seu maxilar estala. — Eu os observo na natureza, não em algum zoológico de merda.

— Ah, então pássaros da Flórida?

Ele concorda. — Íbis brancos, gaio-dos-matos, cegonhas-de-madeira, tentilhões pintados, gavião-caramujeiro...

Eu rio. — Você é especialista em pássaros com nomes engraçados?

— Não. Eu estava dando a você na ordem de quão comuns eles são.

Uau. Ele *realmente* gosta disso. — Por que você não pega um pássaro como animal de estimação?

— Porque pássaros são feitos para voar. Como isso deveria funcionar dentro de casa?

Dou de ombros. — Talvez resgatar um pássaro que perdeu uma asa ou algo assim?

Ele parece pensativo, então balança a cabeça. — Prefiro observá-los em seu habitat natural. — Ele hesita, então acrescenta: — Na verdade, tem uma família de falcões que tenho observado recentemente.

Eu arqueio uma sobrancelha. — Como você sabe que eles são uma família?

— Eu os vi construindo um ninho, e então ela botou apenas um ovo — ele diz, sua expressão escurecendo. — Deveria ter sido algo entre três e seis.

— Uau — digo — Parece que você se apegou.

— Não — É sua resposta rosnada, e nada convincente.

— Você deu um nome a eles?

Sua mandíbula se contrai. — Que porra isso prova?

— Então isso é um sim — digo triunfantemente — Quais *são* os nomes deles?

Ele franze a testa. — Ethan e Mo são os pais, e Eye é o filhote.

Eles são totalmente seus falcões de estimação. Eles só vivem ao ar livre. Então, eu registro completamente os nomes e sorrio como uma lunática. — Um falcão chamado Eye? É em homenagem ao Gavião Arqueiro, o melhor amigo da Viúva Negra?

A carranca é substituída por uma sugestão de sorriso que toca seus olhos, que é toda a confirmação de que preciso.

— E os pais são Mo Hawk e Ethan Hawk?

Agora o sorriso toca seus lábios deliciosos – que você mal consegue ver sob a barba. — Vamos torcer para que os falcões nunca conheçam seus melhores amigos porque eles os comeriam.

Eu aceno para longe. — Meus ratos vivem dentro de casa. — E esse não é um habitat tão anormal para eles.

— Tem certeza? — Ele gesticula para Wolfgang.

Eu franzo a testa. — Se algum pássaro idiota tentasse ir atrás dele, eu quebraria seu bico idiota.

O estômago de Michael ronca alto. — Eu deveria ter comido alguma coisa no avião.

— Na verdade, eu também estou com fome. — Daqueles lábios escondidos... mas comida também seria útil.

Ele bate na divisória que nos separa do motorista. Quando a divisória desce, ele pergunta ao motorista o que há de petisco no carro, e o menu acaba sendo o de um restaurante chique, e inclui um prato de queijo.

Fechando a divisória, deixo os ratos saírem para que eles possam comer conosco.

Michael não parece se importar nem um pouco.

— Sabe — ele diz enquanto levanta um biscoito com caviar até a boca. —, eu te contei sobre minha situação familiar – ou a falta dela – mas você nunca me contou sobre a sua.

Ah. Isso. Estou preocupada que se ele descobrir sobre minha família, ele não queira nem fingir que está me namorando. Mas, novamente, se ele é assim, foda-se. Eu também não quero namorá-lo. Namoro falso, quero dizer.

Então, enquanto devoro os aperitivos chiques, conto a ele sobre crescer no circo e listo alguns dos "trabalhos" mais ultrajantes dos membros da minha família.

— Espera — ele diz depois que menciono meus avós. — Você estava brincando, ou seu avô era realmente uma bala de canhão humana?

Foi aí que ele pensou que eu estava brincando? Não quando mencionei um primo que tem um ato de regurgitação?

— Não, estou falando sério. Meu avô foi atirado de um canhão até se aposentar. Ah, e seu ato também foi aposentado. — Eu sorrio. — Eles não conseguiram encontrar outro homem do calibre dele. — Caso não tenha ficado claro, acrescento: — Essa parte foi uma piada.

Michael geme. — Todos os melhores comediantes dizem às pessoas que acabaram de fazer uma piada.

— Há mais piadas de onde essa veio — digo a ele.

Ele arqueia uma sobrancelha sexy e espessa.

— Você sabe como chama o ato de comer um membro da minha família?

Ele balança a cabeça.

— Vou te dar uma dica. Por que você não iria querer comer um membro da minha família?

Ele olha para mim como se eu pudesse precisar de ajuda psiquiátrica. — Porque... canibalismo?

— Errado. As respostas respectivas são: 'jogar a salada' e 'porque temos um gosto estranho'.

— Não entendi — ele diz —, ou é de propósito?

— Vamos lá. Nosso sobrenome é Klaunbut — digo, dessa vez pronunciando como todo mundo faz.

— Fala-se "clown butt"? — Ele inclina a cabeça. — Você não disse que era "cló-un-butt"?

Eu suspiro. — É "clow butt", como 'bunda de palhaço'. Eu só não queria te dar mais munição.

Ele geme de novo. — Agora eu entendi, embora eu desejasse não ter entendido. Em inglês, 'Jogar a salada de alguém' é uma gíria para 'comer bunda', e você não gostaria de comer um palhaço porque eles têm um gosto estranho.

Eu bato palmas lentamente e reviro os olhos. — Você acha que é melhor em piadas do que eu?

Seus olhos se estreitam. — Um cara se perde na floresta e começa a gritar. Um urso se aproxima dele e pergunta por que ele está fazendo todo esse barulho. "Estou perdido", explica o cara. "Então eu esperava que alguém me ouvisse". O urso mostra os dentes. "Eu ouvi você. Sente-se melhor agora?"

Eu reprimo uma risada. — Isso é um teste?

Ele para no meio de uma mordida em seu biscoito. — O quê?

— Você conta uma piada que tem um urso, eu rio, e então você fica puto.

Ele solta um suspiro. — Você pode rir quando eu conto uma piada de urso. Só não me chame de urso.

— Combinado — digo, mas então não consigo

deixar de perguntar por que ele é tão sensível sobre isso.

Então ele me conta, e de uma forma estranha, faz sentido. Sendo um Klaunbut, eu até consigo me identificar.

— É por isso que você odeia a mascote? — Eu bato na minha mala, onde o Sr. Bloom está selado a vácuo em uma bolsa especializada.

— Eu odeio o fato de algumas pessoas *me* chamarem de mascote pelas minhas costas.

Oh. — Quem? — E eles são suicidas?

Ele fecha e abre o punho. — Jogadores que falam russo de outros times.

— Não podem ser muitas pessoas. — No entanto, isso explica por que ele quebrou tantos narizes no gelo.

— Dez por cento da liga são russos — ele rebate — Além disso, há muitos como Tugev que não são russos, mas falam a língua o suficiente para zombar de mim.

Uau. — Isso é mais do que eu esperaria.

— Ah, não é nada. Há quatro vezes mais canadenses. — Ele limpa as mãos no guardanapo.

Eu limpo as minhas também. — Isso faz mais sentido.

— Sim — ele diz — Dante é canadense.

— Ele é? Eu teria adivinhado da Transilvânia.

Desta vez, Michael sorri abertamente, com os dentes à mostra e tudo, e é um evento glorioso, como um nascer do sol sobre um oceano tempestuoso.

Como se tivesse desenvolvido uma mente própria,

minha mão pousa em sua coxa. — Eu nunca mais farei piadas de urso.

Seus olhos esquentam. — E eu nunca mais farei piadas de bunda de palhaço.

Eu me aproximo dele. — Combinado.

Ele se inclina para mim. — Um acordo tem que ser devidamente selado.

Não está claro quem se move primeiro, mas nossos lábios se encontram.

O mundo começa a desaparecer... e então, nossa limusine idiota para.

CAPÍTULO 13
MICHAEL

Caralho. Não sei com quem estou mais bravo: nós dois por decidirmos nos beijar sem câmeras, ou com o motorista por interromper.

— Estamos aqui. — Calliope toca seus lábios deliciosos e limpa a garganta. — O que provavelmente é o melhor.

— Sim. Não deveríamos ter feito isso. — É como comer bacon coberto de chocolate – tem um gosto bom no momento, mas tem efeitos prejudiciais ao seu coração.

As narinas de Calliope dilatam. — Definitivamente não deveríamos ter feito isso. O que estávamos pensando?

Eu solto um suspiro. — Você acabou de dizer que talvez seja o melhor que...

— E é. Só deveríamos fazer coisas assim quando alguém estiver olhando. Senão, qual é o sentido?

— Eu concordo. — Quase quebrando a porta da limusine, saio e então deixo minha frustração sair gritando com o motorista da limusine e o carregador que tentam ajudar com a mala de Calliope.

O pessoal da mídia está aqui, tirando fotos enquanto eu carrego a mala para dentro.

— É por isso que você insiste em carregar minhas coisas? — ela pergunta enquanto entramos no hotel. — Para as fotos?

— Sim — digo entredentes —, eu só consigo fazer algo legal de uma maneira fria e calculada.

— Por favor. Você não está fazendo isso como um gesto legal. É apenas uma postura machista.

Eu decido ser adulto e não responder, o que pode ser a coisa mais difícil que já fiz. Em vez disso, vou até a concierge mais próxima, certifico-me de que a transportadora de ratos não esteja à vista dela e dou a ela nossos nomes.

— Ah, certo. — Ela sorri conspiratoriamente. — Nós sabemos quem vocês dois são, então fizemos um upgrade no seu quarto. — Ela entrega a mim e a Calliope duas chaves de acesso e explica como chegar ao quarto em questão. — Tenho certeza de que vocês vão gostar. — Ela acompanha as duas últimas palavras com um leve balançar de suas sobrancelhas desenhadas a lápis.

Porra. Até agora, tentei tirar da cabeça o fato de que estamos dividindo um quarto, mas a insinuação da concierge – ou o que quer que seja – me traz de volta à realidade dessa situação.

Vamos respirar o mesmo ar. Calliope vai estar no mesmo chuveiro que...

— Com licença? — Calliope grita — Por que você disse 'vão gostar' daquele jeito?

A concierge fica vermelho-beterraba. — Porque vocês vão ter uma vista incrível? E o...

— Não se incomode. — Calliope vai para o elevador sem esperar para ver se eu vou segui-la, e tenho que correr para chegar antes que as portas se fechem.

— O botão idiota de 'fechar porta' não funciona — Calliope murmura, aparentemente para Wolfgang.

— Muito maduro — respondo.

Calliope bufa, e subimos para o último andar em silêncio. Um silêncio que é mantido até a porta ornamentada do nosso quarto.

Só quando entramos é que voltamos a falar, supondo que uma torrente de xingamentos se qualifique como tal.

— Eles nos deram uma suíte de lua de mel — diz Calliope depois de ficar sem palavrões. Como ela fala apenas uma língua, seu vocabulário é muito mais limitado nesse aspecto do que o meu.

Olho feio para a cama gigante de dossel coberta de pétalas de rosa. — É melhor que haja outro lugar para um de nós dormir.

Seus olhos se arregalam e ela corre em direção a uma porta próxima.

— Isso é um banheiro — ela diz e verifica a outra porta — e isso é um closet.

— Então... só a porra de uma cama? — Dado o

tamanho da suíte, poderia haver outra cama aqui, mas alguém colocou uma área de jantar aberta inútil. Há também uma jacuzzi, mas dormir em uma é um risco de afogamento.

— Dane-se. — Ela sai correndo do quarto e volta para o elevador, novamente tão rápido que é um esforço acompanhá-la.

Marchando até a mesma concierge, ela exige que fiquemos no quarto original que foi reservado para nós.

— Mas por quê? — A concierge nos encara confusa. — Seu novo quarto é o melhor que temos.

— Porque ela disse — eu rosno.

A concierge empalidece. — Sinto muito. Seu quarto original não está mais disponível.

— Tudo bem. Dê-nos outro quarto, com duas camas separadas — Calliope exige — ou dois quartos.

A concierge dá um passo para trás. — Sinto muito. Somos o hotel mais próximo do estádio e, com o jogo chegando, não há quartos disponíveis.

— Então nós iremos para outro hotel — Calliope ameaça.

— São nove da noite — diz a concierge — e o jogo é amanhã. Suas chances de encontrar um quarto são mínimas.

— Além disso, não há *nós* — digo sem rodeios — Eu não vou para outro hotel.

Calliope se vira para me encarar. — Você não vai?

— Eu tenho que dormir cedo na noite anterior a um jogo.

Na verdade, pretendo encerrar a noite em cerca de uma hora.

— Tudo bem — Calliope resmunga e corre de volta para a porra da suíte.

Eu a sigo até lá.

Ela anda de parede a parede, examinando nossas acomodações como se outra cama pudesse estar escondida à vista de todos.

— Você sabia que a concierge poderia contar a algum jornalista sobre esse incidente — digo a ela — e que isso poderia começar um boato de que terminamos?

Ela estreita os olhos. — Você está dizendo que *quer* dormir na mesma cama?

— Não — rosno —, mas quem disse que temos que fazer isso? Vou ficar bem dormindo no chão.

Ela olha para baixo como se nunca tivesse visto o chão antes, então balança a cabeça. — Você não vai dormir desse jeito.

— Está tudo bem. Eu já dormi em condições muito piores. — Caramba, tem um tapete aqui, algo que teria parecido um luxo em...

— Você tem um jogo amanhã — Ela me lembra.

Porra.

Eu cruzo meus braços sobre o peito. — Não tem como você dormir no chão enquanto eu fico na cama.

— Podemos dividir então — ela diz —, mas sem negócios engraçadinhos.

— Negócios engraçadinhos?

Ela está corando, ou suas bochechas estão

vermelhas de raiva? — Nada de sexo — Ela elabora — Nada de toque. Nada de beijo.

Eu dou de ombros. — Você não precisa se preocupar com isso. Eu sempre fico abstinente na noite anterior a um jogo.

Sem mencionar que eu não durmo com colegas de trabalho, ou mulheres teimosas que são tão irritantes quanto...

— Que sorte. — Suas palavras pingam sarcasmo. — Eu levo meus deveres de mascote muito a sério, então, eu evito sexo antes de um jogo também. Eu também me abstenho de falar com babacas.

Com isso, ela caminha em direção ao banheiro, seus quadris balançando como se ela estivesse tentando me fazer notar o quão incrível sua bunda é.

E é incrível pra caralho. Magnífica, realmente. Eu não sou do tipo que escreve poesia, mas se eu fosse, eu dedicaria um soneto a essa bunda.

Ela tranca a porta, e eu ouço o chuveiro ligar.

Foda-se. Tudo o que eu consigo pensar é que ela está nua lá dentro, água quente escorrendo pelo seu corpo, aquela bunda curvilínea ensaboada e...

Ótimo. Agora, eu estou dolorosamente duro e não posso fazer nada sobre isso. A abstinência pré-jogo é sobre não gozar, então, se masturbar está tão fora de questão quanto sexo.

Depois do que parece horas, ela sai do banheiro, vestindo um roupão de hotel.

— Wolfgang — ela diz para um de seus ratos —,

você pode dizer a Michael para não estar aqui enquanto eu troco de pijama?

— Sério? — Pego uma cueca limpa, vou até o banheiro e bato a porta.

Puta merda. O lugar tem cheiro de carne feminina limpa, e isso me deixa ainda mais duro – o que eu não achava possível.

Abro a torneira até o frio, tiro a roupa e entro no chuveiro.

Droga. A última vez que senti tanto frio foi em Novosibirsk, e a pior parte é que o chuveiro não está ajudando na ereção. Nem um pouco.

Bem, vou ficar aqui mais um pouco.

Espero até começar a tremer, que é quando a ereção diminui um pouco.

Graças a Deus.

Saio, escovo os dentes e visto minha cueca.

— Ei, Wolfgang — grito antes de abrir a porta —, Calliope está decente?

Nenhuma resposta. Nem um guincho de rato.

— Estou saindo.

Ninguém levanta objeções.

Quando abro a porta, a suíte está mal iluminada. As persianas estão fechadas, bloqueando todas as luzes geradas pela Cidade que Nunca Dorme, mas uma pequena lâmpada no canto está acesa.

Preocupado em pisar em Wolfgang ou em um dos outros, uso meu telefone como iluminação adicional.

— O que há com os faróis altos? — Calliope resmunga sonolenta.

Cometo o erro de olhar para ela e vejo um ombro delicado saindo das cobertas. Todo o trabalho duro no chuveiro frio é desfeito em um instante, a ereção monstruosa retornando com força total.

— Você está no meio — Aponto, minha voz um pouco rouca — Se vamos dividir a cama, você terá que escolher um lado.

Até mesmo seu bufo descontente é sexy enquanto ela se move para o lado direito da cama.

Entro pela esquerda, ficando o mais perto possível da borda.

Tudo bem. Se eu quiser colocar Tugev em seu lugar, é melhor eu dormir, e rápido.

Mais fácil falar do que fazer. Saber que Calliope está aqui, ao meu alcance, está deixando minha libido louca.

Caralho. De acordo com o relógio da mesa de cabeceira, estou me revirando na cama há uma hora, e nada.

Meu pau ficou duro esse tempo todo ou só fica duro quando presto atenção? Ele está em pé e pronto agora. No final dos comerciais de Viagra, eles avisam para procurar ajuda médica se você tiver uma ereção que dure mais de quatro horas, então, preciso ter cuidado.

Talvez contar me ajude a esquecer o quão azuis estão minhas bolas?

Não. Quando chego ao número oito, acabo imaginando o dígito deitado de lado, e o visual me lembra a bunda doce de Calliope. Insistindo, de qualquer maneira, desisto oficialmente no número sessenta e nove.

Contar é uma atividade muito sexy.

Preciso pensar em outra coisa. Às vezes, imagino como um jogo vai se desenrolar na minha cabeça como um híbrido entre imagens guiadas e prática mental. Então eu faço isso, e vai bem no começo, mas então, eu imagino as reações de Calliope e as várias travessuras de mascote que ela faria comigo, e eu fico mais alerta... e, estranhamente, ainda mais duro.

Puta merda. Talvez eu devesse tentar aquela técnica de relaxamento muscular progressivo que o psicólogo esportivo ensinou a todo o time como uma forma de lidar com o estresse. Na época, pensei que todos eram maricas por ouvirem a palestra atentamente, mas, ei, tempos desesperados exigem medidas desesperadas.

Tentando lembrar como fazer isso, flexiono meus bíceps e tríceps, então os deixo relaxar.

Hmm. É uma sensação boa, então eu faço o mesmo com meus outros músculos, e fico cada vez mais sonolento até a hora em que relaxo meus glúteos, que é quando uma mão delicada pousa na minha bunda agora relaxada.

Que porra é essa?

Estou bem acordado de novo, mas a respiração de Calliope está lenta e uniforme.

Ela está sentindo algo enquanto dorme.

Foda-se.

Desta vez, o relaxamento muscular progressivo não ajuda, então, pratico outra técnica que nos foi ensinada pelo mesmo psiquiatra: respiração profunda. Inspiro ar até meu pau latejante e exalo lentamente. Minha próxima respiração é mais lenta e profunda, e a seguinte ainda mais.

Eventualmente, começo a adormecer – e, claro, é quando Calliope se enrola em mim, como o cachecol mais sexy do mundo.

Eu congelo, sem ousar me mover. Ela cheira tão bem. E ela é tão quente e macia. E isso é um seio carnudo empurrando contra meu lado?

Oh, merda. Vou explodir se não me afastar agora mesmo.

Mas não me movo.

Não posso.

Eu deveria.

Porra, eu realmente preciso.

Inspiro fundo, reúno toda a minha força de vontade e gentilmente me desvencilho de debaixo de sua forma feminina, macia e adormecida.

Ofegante como se tivesse patinado cinquenta vezes no rinque, deito de costas e tento reiniciar os exercícios de respiração profunda. Também faço relaxamento muscular e me visualizo vencendo o jogo de amanhã.

Não sei quanto tempo passa ou qual técnica funciona, mas finalmente, eu apago.

———

— Ei — diz uma voz sensual dentro do meu sonho. — Você está em cima de mim.

Abro os olhos para o quarto mal iluminado.

Porra.

Em cima dela talvez seja um exagero, mas estou de conchinha, com meu braço em volta do seu corpo, minha palma segurando seu seio macio e meu pau muito duro pressionado contra a perfeição que é sua bunda.

Rangendo os dentes, eu me afasto. — Eu não te acordei quando *você* se enrolou em mim.

Ela rola para me encarar, os olhos brilhando. — Eu não fiz nada disso.

— Você também tocou na minha bunda — rosno — e eu também não te acordei naquele momento.

— Toquei na sua bunda? — Ela zomba. — Nos seus sonhos.

Sonhos molhados, com certeza. Porra. Não posso pensar nessa direção. — Posso dormir agora? Tenho um grande jogo amanhã.

— Sou a mascote nesse mesmo jogo.

É a minha vez de zombar. — Claro. Esses são trabalhos igualmente exigentes.

Ela se aproxima e enfia um dedo na minha cara. — Meu trabalho é tão importante quanto o seu.

Eu agarro seu pulso antes que ela possa arrancar meus olhos – percepção de profundidade é muito importante no hóquei. — Calma.

— Calma? — ela grita — Você é um urso irritante.

Uma referência a ursos depois que eu disse a ela por que elas me incomodam tanto?

Eu vejo branco.

E vermelho.

E rosa.

Especificamente, lábios rosados e carnudos falando palavras que não ouço mais.

Atraído por uma força mais potente que a gravidade, eu me inclino e a calo com um beijo.

CAPÍTULO 14
CALLIOPE

Por que estou retribuindo o beijo? Eu deveria afastá-lo, mas minhas mãos o puxam para tão perto que sinto os pelos do peito dele fazerem cócegas na minha clavícula nua, e isso me excita além de qualquer lógica ou razão.

Como se captasse minhas vibrações, seu beijo se torna mais profundo, mais áspero, e sua língua penetra minha boca exatamente do jeito que eu quero que seu pau...

Ah, sim.

Ele arranca minha blusa de pijama como se fosse feita de papel de seda, então, captura meu seio direito com sua mão calejada enquanto algo grande e duro pressiona contra minha barriga através de sua cueca.

Muito grande e duro.

Minha boca literalmente saliva.

Ofegante, eu me contorço para fora do meu short

de pijama e da minha calcinha, então, enfio minha mão em sua cueca.

Porque eu tenho que sentir. Eu posso morrer se não sentir.

Ele geme quando meus dedos roçam em seu pau. E eu quase gemo também porque parece seda e aço, tudo duro e pronto e tão, tão grosso. Tão absolutamente magnífico.

— Eu quero dentro de mim — Suspiro, envolvendo minha mão em volta dele no momento em que ele geme novamente e se lança para outro beijo que tudo consome.

Com os lábios grudados nos meus, ele me joga de costas e fica em cima de mim.

Sim! Eu sinto sua cueca deslizando para baixo.

— Finalmente — Eu gemo em sua boca antes de guiar seu pau para dentro de mim, deleitando-me com o alongamento feliz enquanto sua cabeça empurra para dentro.

Ele libera meus lábios para grunhir de prazer, então, lentamente empurra mais fundo, permitindo que meu corpo se ajuste à invasão.

— Você é tão macia — ele rosna — e tão molhada para mim.

Eu mal seguro outro gemido. — E você está duro. E...

Ele de repente enrijece, seus olhos ficando selvagens. — Camisinha. Eu esqueci completamente.

Eu agarro sua bunda porque vou morrer se ele sair. — Estou limpa e tomando pílula.

— Oh, ótimo. Eu também. — Seu pau fica ainda mais duro dentro de mim. — Limpo, claro.

— Então pare de se distrair — Eu ofego e o puxo para mim, enfiando aquele pau tão fundo que atinge um feixe de nervos que eu nem sabia que tinha.

Meus olhos rolam para a parte de trás da minha cabeça.

Ele empurra em mim cada vez mais rápido, atingindo o mesmo ponto.

Oh, meu Deus. Dedos dos pés se curvando, eu gozo com um grito.

— Bom, *ptichka*. — Sua voz é um estrondo baixo no meu ouvido — Me dá outro.

Outro?

Ele penetra em mim com mais força enquanto desliza a mão para baixo até meu clitóris sensível do orgasmo e pressiona exatamente no ponto certo.

Eu grito quando uma nova tensão cresce dentro de mim. — Michael! Oh, porra, Michael...

Quando o orgasmo chega, é tão poderoso que vejo branco atrás das minhas pálpebras fechadas e sinto o êxtase percorrendo cada terminação nervosa. Parece que o prazer me despedaça e depois me recompõe, mas estou mudada de uma forma inefável.

Michael geme enquanto meus músculos sofrem espasmos ao redor de seu pau, e sinto o jato quente de sua liberação dentro de mim. Outro mini orgasmo explode através de mim, me fazendo ficar distraída por um segundo. Ou vários minutos. Minha noção de tempo está tão confusa quanto o Sr. Bloom agora.

Distantemente, sinto Michael se afastar. Ele retorna um momento depois e me limpa com uma toalha quente e úmida. Pelo menos acho que é isso que ele faz. Estou muito esgotada de energia para ter certeza. Estou feliz por já estar deitada de costas porque não consigo mover um músculo agora.

Bocejando como um rato satisfeito, deixo-me cair em um sono doce.

———

Acordo com um rosnado raivoso que não compararei ao de um urso raivoso porque uma promessa é uma promessa.

Abrindo um olho, vejo que a ira de Michael está direcionada ao relógio na mesa de cabeceira, de todas as coisas.

— Algo errado? — Abro meu outro olho relutantemente.

— São onze e meia. — Seu tom é sombrio.

Oh. — Mas o jogo é ao meio-dia — digo tranquilizadoramente. — Não estamos tão longe. Acho que conseguiremos se nos apressarmos.

Ele desvia o olhar irritado do relógio para mim. — Minha rotina está ferrada.

— Rotina?

— Um café da manhã saudável e depois um lanche antes do jogo. Hidratação. Aquecimento. Bastões de fita adesiva. — Ele salta da cama, gloriosamente nu. —

Não há tempo para lhe dar a lista completa. — Ele corre para o banheiro.

Merda. Quem quer que tenha inventado a frase "despertar rude" provavelmente tinha Michael em mente. Tudo o que ele acabou de dizer implica que ele ter acordado tão tarde é de alguma forma minha culpa, quando na realidade, foi ele quem não *me* deixou dormir.

Mesmo quando eu dormia, eu tinha sonhos molhados e loucos.

A menos que... Ah. Estou dolorida.

Aquele sonho muito vívido envolvendo o melhor sexo da minha vida aconteceu de verdade ou ainda estou dormindo.

Michael e eu precisamos conversar. Pronto.

Eu pulo de pé, visto um roupão e corro para a porta do banheiro.

Está trancada.

Bato furiosamente.

— Me dá a porra de um minuto! — Michael ruge de dentro.

Merda. Eu também tenho um trabalho a fazer no jogo.

Pegando minha mala, tiro o traje de mascote selado a vácuo e visto as leggings e o sutiã esportivo que vou usar por baixo. Então, tiro a comida para meus ratos e deixo que eles tenham um banquete.

Michael ainda não saiu.

Troco um olhar preocupado com Wolfgang.

Meine Liebe, se quiser a cooperação de alguém, você tem que usar essa fatia de cheddar como arma.

— Não — digo a Wolfgang — O cheddar é para mais tarde, um agrado pela sua performance no gelo.

Tenho certeza de que Wolfgang entendeu isso porque seus olhos brilham de antecipação.

Caminhando até a porta do banheiro, bato nela com toda a minha força.

— Um segundo — Michael rosna.

— Também estou ficando sem tempo! — grito — Não terei nem tempo de vestir minha roupa se você não sair.

— Então vista agora — diz um rosnado de dentro do banheiro.

— Vou ficar ridícula no caminho para o estádio.

— Não é problema meu. Deveria ter pensado nisso antes de dormir demais.

Tudo bem. Essa nem será a primeira vez que serei peluda em público. Além disso, ele está fingindo estar me namorando e terá que entrar comigo, então nós dois ficaremos ridículos.

Suspirando, desembalo o Sr. Bloom e entro nele – mas guardo a cabeça para depois de escovar os dentes, porque são prioridades.

Finalmente, a porta se abre e Michael sai.

Enquanto o observo, todas as palavras raivosas morrem em meus lábios. De alguma forma, ele ficou mais bonito da noite para o dia, embora seja possível que minha percepção tenha sido alterada por aqueles orgasmos que ele me deu. E seus ombros ficaram mais largos. Até seus olhos parecem mais pretos, e o branco neles mais branco.

Espere um segundo. A pele ao redor dos olhos dele nunca pareceu tão esfumada antes, e não acredito que mesmo os melhores orgasmos me fariam ver *isso*. É exatamente como se...

— Você está usando maquiagem preta nos olhos? — E como é que essa maquiagem o torna *mais* masculino?

— Não é a porra da maquiagem — ele rosna — É pintura de guerra.

Sem me preocupar em perguntar a ele qual é a diferença, pergunto: — Isso não é apropriação cultural? — A menos que... os antigos russos usassem pintura de guerra?

Michael estreita os olhos, e a pintura de guerra o faz parecer selvagem como resultado. — Batman faz isso. Por que eu não posso?

Batman? Ah, certo. O Cavaleiro das Trevas teve que usar maquiagem semelhante para cobrir a pele branca ao redor dos olhos enquanto usava seu capuz. Mas... — Para quê?

Ele dá um passo ameaçador em minha direção. — O melhor jogo que já joguei foi depois de uma briga em que fiquei com dois olhos roxos. Agora, quando realmente importa, faço isso para aumentar minhas chances.

Sobrecarregada por sua proximidade – e grandeza – saio do seu caminho.

— Então, você não me deixou entrar no banheiro

porque estava muito ocupado com uma superstição boba?

Sua resposta soa exatamente como o rugido de um certo animal selvagem com o qual prometi não o comparar. — Estou atrasado. — Com isso, ele caminha para a porta da suíte.

— Espere! — grito.

— O quê? — ele urra por cima do ombro.

— Precisamos conversar — Lanço um olhar para a cama — sobre o que aconteceu.

— Não deveríamos ter feito o que fizemos — ele diz sem rodeios e sai do quarto.

Luto contra a vontade de correr atrás dele e gritar sobre o quanto concordo que o que fizemos foi um erro. Mas não consigo. Se eu quiser chegar ao estádio, preciso me apressar.

Fumegando, escovo os dentes. Então, só para piorar as coisas, a natureza estúpida chama, então, tenho que tirar minha fantasia para cuidar disso.

Assim que volto para dentro do Sr. Bloom, e Wolfgang está empoleirado no meu ombro, dou uma rápida palestra motivacional para o meu eu no espelho, pego a cabeça do urso e rumo ao corredor do hotel.

Quando me aproximo do elevador, vejo um cheesecake esperando para ser retirado pela limpeza, um que está faltando apenas uma única fatia.

— Seria uma pena deixar comida ser desperdiçada assim — digo a Wolfgang.

Meine Liebe, um bolo feito de queijo parece mana dos céus.

— Você não pode ficar com isso. Desculpe. — Aperto o botão do elevador, coloco a cabeça da mascote e pego o bolo. — De acordo com pesquisas, o açúcar é mais viciante para o cérebro de um rato do que a cocaína.

Wolfgang gorjeia.

Meine Liebe, agora, estou com vontade de um bolo feito de cocaína e queijo.

O elevador abre e o casal de idosos lá dentro examina minha roupa e meu rato com sorrisos mal contidos. No saguão do hotel, algumas pessoas até riem, mas quando saio, ninguém parece piscar. Todo mundo age como se ursos-palhaços carregando cheesecake com ratos nos ombros fossem tão normais em Nova York quanto aluguéis altíssimos.

Assim que chego ao estádio, a segurança me deixa passar sem nem piscar.

Interessante. Acho que se eu fosse um fã enlouquecido que quisesse entrar no jogo sem ingresso, tudo o que eu teria que fazer seria comprar uma fantasia de mascote.

Ao avistar um grande relógio, coloco uma mão firme em Wolfgang e começo a correr, empurrando os fãs de hóquei no meu caminho, para a diversão de todos.

— Ei — diz o Treinador quando me vê. — Seus patins personalizados estão prontos. — Ele gesticula para o outro lado do corredor. — Eles estão no banco ali.

Entro na sala em questão com os olhos arregalados.

É um vestiário feminino. Quem diria que uma fera dessas existia no mundo do hóquei?

Como estou com pressa, coloco o bolo no chão e rapidamente deslizo meus pés nos patins. Eles se encaixam perfeitamente, assim como o pau de Michael na minha boceta.

Mesmo quando saio, minhas bochechas ainda queimam, então, estou feliz pela cabeça de urso que as esconde da vista do Treinador.

— Vamos nos apressar — diz ele quando saio com o bolo. — Está na sua hora.

Ele me leva para o rinque, e sou grata por todo o meu treino anterior porque ver tantas pessoas nas arquibancadas é enervante, para dizer o mínimo.

— Segure isso. — Dou o bolo para o Treinador. — É para mais tarde. — Mais especificamente, para quando eu vir Michael.

Deslizando para o gelo, ignoro meu coração acelerado enquanto começo meu truque com a dança da mascote.

CAPÍTULO 15
MICHAEL

Quando termino de me preparar, todos os meus companheiros de equipe já terminaram há muito tempo, e o Treinador está esperando para fazer um discurso.

— Você se importa se eu disser algumas palavras desta vez? — pergunto a ele.

Ele parece surpreso, mas balança a cabeça.

— Escutem, rapazes. — Faço contato visual com cada um deles. — Eu sei que tecnicamente este jogo não conta para nada, mas estou aqui para dizer que conta. Na verdade, é o jogo mais importante da sua vida porque todos esperam que você falhe, e foda-se.

Continuo com um discurso fortemente inspirado por um que o time de hóquei dos EUA recebeu durante as Olimpíadas de 1980, antes de derrotar o time de hóquei soviético, muito mais forte, em uma vitória tão improvável que é conhecida como o "Milagre no Gelo".

Porque precisamos do nosso próprio milagre aqui.

Quando termino, todos comemoram e não sarcasticamente, até onde posso dizer.

— Não acho que vou fazer um discurso hoje — diz o Treinador com um sorriso. — Michael é um sujeito difícil de superar.

Isaac age como se eu tivesse mijado na cerveja dele. Ele provavelmente tinha um plano de brincar de capitão e dizer algumas palavras.

Todos os outros comemoram novamente, e vamos para o rinque.

No caminho, tento me animar psicologicamente do mesmo jeito que fiz com meus companheiros de equipe, mas isso é difícil de fazer. Tudo deu tão errado até agora. Pelo amor de Deus, até quebrei minha regra fundamental: nada de sexo antes do jogo. E o que é pior, uma parte de mim sente que mesmo se perdermos, ter estado dentro de Calliope pode ter valido a pena.

Independentemente disso, não deveríamos ter feito isso antes de um jogo.

Sem mencionar que foi bom demais. Assustadoramente bom.

— Cara, você está vendo isso? — Isaac pergunta, apontando para o meio do rinque, me trazendo de volta à realidade.

Eu sigo seu dedo e minhas mãos se fecham em punhos apertados.

A mascote do time dos Yetis – uma criatura parecida com um macaco de olhos vermelhos e pelo branco – dá um tapa no rosto do traje de urso que abriga Calliope.

O mundo se transforma em um túnel vermelho de fúria. Pulando para o rinque, eu fecho a distância entre mim e o idiota yeti com alguns passos, e então meu punho bate no rosto parecido com macaco com força suficiente para que eu sinta uma mandíbula sob todo aquele material de pelúcia.

Agitando braços peludos extralongos, o yeti desliza para trás até bater em uma parede e desmaiar.

As pessoas nas arquibancadas riem, provavelmente pensando que isso faz parte do ato da mascote.

— Que diabos? — Calliope exige, suas patas de urso nos quadris largos de sua roupa. — Por que você fez isso?

— Eu o vi dar um tapa em você. — Eu patino até o yeti caído e uso a frente da minha lâmina para cutucar onde a bunda estaria em um humano. — Levante-se. Eu não terminei com você.

Eu me dirigiria ao idiota pelo nome, mas, pela minha vida, não consigo lembrar qual é – isto é, se ainda for a mesma pessoa de quando eu estava no time.

— Foi só uma encenação — Calliope sibila — Ele se aproximou de mim quando eu estava fazendo uma *photobombing* e sugeriu que brincássemos de brigar.

— Caralho. — Eu me sinto mais um macaco do que o cara que acabei de socar. Eu dobro um joelho ao lado do yeti. — Você está bem?

— Por favor — ele diz com uma voz rouca —, não me bata de novo.

— Ele não vai — Calliope diz tranquilizadoramente.

— Foi um mal-entendido — digo rispidamente — Desculpe.

O yeti se senta. — Está tudo bem. Eu acho. Me ajude a levantar? O show deve continuar.

Eu o ajudo a se levantar, e então Calliope me faz cair sobre uma corda invisível como vingança. Quando minha bunda bate no gelo, a multidão ri alto.

Depois que me levanto, Calliope e o yeti se aproximam de mim em lados opostos, e como sua mão está escondida atrás das costas, consigo antecipar o momento em que ela joga um bolo no meu rosto – então eu desvio.

O bolo bate no rosto do pobre yeti – e ele desmaia mais uma vez.

— Por que você fez isso? — Calliope exige com raiva.

— Eu nunca concordei que você poderia me jogar uma torta quando quisesse.

Vou ajudar o cara a se levantar, de novo, mas ele me diz que está bem e que caiu só pela graça.

— Era um cheesecake, não uma torta — retruca Calliope — e você merecia ser atingido por ele.

— Concordo em discordar. — Viro-me para a outra mascote. — Vou te pagar uma cerveja depois do jogo.

— Não, obrigado — diz o macaco.

— Tradução — diz Calliope — Ele nunca mais quer te ver.

Uma mão pousa no meu ombro. — O jogo vai começar — diz Isaac.

— Desculpe — digo novamente ao yeti e volto a me juntar aos meus companheiros de equipe.

— Bom trabalho defendendo a honra da sua dama — diz Dante por baixo da máscara de goleiro.

— Eu só estava com vontade de socar alguém pálido — rosno de volta para ele. — Então eu ficaria quieto se fosse você.

— Tanto faz — diz Dante, seu tom mais sério enquanto olha para o time adversário. — Onde está Tugev?

Eu examino meus antigos companheiros de equipe, mas não vejo o homem em questão. — Estranho. Eu também não o vejo.

— Está tudo bem — diz Dante — Eu o vi em vídeo. Além disso, ele estará no face-off.

Certo. Falando nisso.

— Está na hora. — Eu patino até o meio da pista, onde um árbitro já está esperando.

Mas então Noah Brown – um jogador canadense que eu pensava estar em um time completamente diferente – patina para o face-off.

— Onde está Tugev? — pergunto e então percebo que esta é a primeira vez que falo durante um face-off na minha vida.

— Tugev se aposentou. — diz Noah — Você não ouviu?

Estou tão atordoado que perderia o disco se o árbitro o soltasse agora. Então, uma onda de fúria justa me toma, uma que já estava preparada quando pensei que Calliope estava sob ataque.

Como ousa Tugev não estar neste jogo? O ponto principal era que...

O disco bate no gelo.

Meus instintos entram em ação. Pego-o de Noah e passo para Jack, como fazia parte do plano.

Canalizando toda a minha frustração com Tugev para a patinação, rapidamente acabo cara a cara com Jason, também conhecido como Friday, o goleiro dos Yetis, e conforme o plano, o disco é passado de volta para mim.

Jason parece pronto, mas eu não dou a mínima. Finjo um arremesso, então bato o disco e faço um gol bem entre as pernas de Jason.

Meu time enlouquece, e o telão mostra Calliope e o rato em seu ombro batendo palmas.

CAPÍTULO 16
CALLIOPE

té hoje, fui indiferente ao hóquei, especialmente para uma mascote de time. Ainda não sei a diferença entre um arremesso de pulso ou instantâneo, por exemplo, ou por que os jogadores recebem um tempo limite de cinco minutos para o tipo de luta que significaria ataques de agressão fora do rinque. E, ainda assim, assisto com fascinação e admiração enquanto Michael e o resto dos Florida Bears batalham ferozmente contra seu oponente muito mais forte.

Michael, em particular, é magnífico, especialmente quando marca um gol.

Quase esqueço que estou brava com ele por dizer que dormir comigo foi um erro. O que é pior, vê-lo me faz querer repetir esse erro. O que é insano. Já é ruim o suficiente que nosso namoro falso pareça real em algumas ocasiões. Se eu tiver mais orgasmos como os que ele me deu ontem à noite, a linha entre...

O som de uma buzina anuncia o fim do jogo, e o placar é 3 para os Yetis e 4 para os Florida Bears.

Tipo, nós vencemos!

O time inteiro se amontoa em cima de Michael em júbilo. Quando todas as emoções masculinas se acalmam, eu patino até ele e tiro minha máscara de urso.

— Conseguimos! — ele grita, então se inclina para me dar um beijo apaixonado.

Oh, meu Deus. Os ruídos ao nosso redor diminuem e eu perco a noção do tempo. Só quando Michael se afasta é que eu nos vejo na câmera do beijo e percebo que isso era apenas para manter as aparências.

Algo dentro de mim se contrai, mas eu faço o meu melhor para me livrar da decepção bizarra. — Parabéns. — Eu toco meus lábios. — Eu sei que você queria essa vitória.

Sua excitação diminui visivelmente. — O que eu queria era vencer Tugev, mas o bastardo se aposentou antes que eu tivesse a chance.

Huh. — Ele não é o dono do time?

Michael concorda.

— Você venceu o time dele. Tenho certeza de que ele não está feliz com isso.

— Não é a mesma coisa — ele diz severamente.

O Treinador patina até ele com uma expressão de êxtase. — Foi um trabalho de equipe incrível. Excelente trabalho! Eu sempre soube que você tinha isso dentro de você. — Ele dá um tapinha no ombro de Michael.

Ele está certo. *Foi* um bom trabalho em equipe, que

deve ter sido um comportamento tão natural para meu Boo quanto ioga é para um urso.

Michael assente bruscamente. — Eu não teria conseguido sem seu treinamento.

O Treinador acena para longe e pisca para mim. — Que tal nossa nova mascote? — ele pergunta — Tem certeza de que ela não foi uma inspiração também?

— Claro. — Michael me lança um olhar. — Ela me fez perceber que fazer meus companheiros de time jogarem melhor hóquei não deve ser mais difícil do que ensinar um rato a andar de monociclo.

— Essa vitória vai ajudar na arrecadação de fundos hoje à noite — diz o Treinador.

A expressão de Michael escurece. — Eu mencionei isso a você em sigilo.

— Que arrecadação de fundos? — pergunto.

O Treinador se vira para Michael com uma expressão de choque exagerado. — Você não convidou Calliope?

— Não — Michael rosna — Eu pensei sobre isso, mas...

— Por que você precisa ir a uma arrecadação de fundos? — pergunto — É para o seu projeto secreto?

Essa é a única razão que consigo pensar para ele não querer me envolver. Ou a única razão que não fere meus sentimentos. A menos que ele esteja planejando trazer outra pessoa? Alguém que use patins pequenos? Não. Ele não arriscaria estragar nossa jogada e ser visto pelos paparazzi. Mesmo assim, só a ideia disso me deixa doente.

— Sim. — Michael olha furtivamente para as pessoas saindo das arquibancadas. — Preciso arrecadar algum dinheiro... e eu *poderia* ter sua ajuda.

— *Minha* ajuda? — Olho para Wolfgang como se ele pudesse entender isso melhor.

Meine Liebe, diga "sim". Arrecadação de fundos significa aperitivos, e isso significa muito, muito parmesão delicioso.

— Não sou muito bom em socializar — Michael diz, amenizando o caso por um quilômetro. — Se você viesse, acho que as coisas seriam mais tranquilas.

Huh. É estranhamente gentil da parte dele dizer isso. — É um evento chique? — pergunto.

Ele concorda.

Mordo meu lábio. — Não tenho nada para vestir.

— Vou pegar o que você precisar. — Seus olhos brilham com tanto calor que posso dizer que qualquer roupa que ele acabou de imaginar não cobriria muito da minha pele.

A pele esquenta com o pensamento, mas mantenho meu rosto neutro. — Nesse caso, vamos fazer um acordo — digo docemente — Você me diz qual é o projeto, e eu serei sua escolta.

Meu último palpite: ele quer tirar DNA de dentro da barriga de antigos mosquitos presos em âmbar e usar isso para ressuscitar uma espécie extinta de panda dente-de-sabre.

Michael e o Treinador trocam olhares.

— Achei que você já tivesse explicado a ela quando deu aqueles patins — diz o Treinador.

Os patins suspeitosamente pequenos e femininos

em que eu estava pensando. Aqueles que me fizeram pensar que uma mulher poderia estar envolvida. Mas não vejo a conexão com algum projeto secreto. A menos que... os pandas prefiram mulheres a homens?

— Tudo bem — Michael rosna —, mas isso deve ser um assunto privado entre nós.

Como o fato de termos dormido juntos? — Claro.

Ele examina as pessoas que ainda estão no processo de deixar o estádio. — Vamos voltar para o nosso quarto de hotel, e eu te conto lá. Depois vamos às compras.

— OK — digo, embora minha curiosidade esteja em níveis letais agora. — Te vejo lá.

———

Assim que chego de volta à nossa suíte de lua de mel, entro no chuveiro para lavar o suor pouco feminino de fantasia de urso das minhas axilas. Então, eu trabalho no meu cabelo e maquiagem até que alguém bate na porta do banheiro.

— Um segundo. — Eu visto um roupão e saio, apenas para esbarrar em Michael.

Caralho. Seu cabelo está desgrenhado e ele cheira a banho recém-tomado – o que significa que ele deve ter feito isso no vestiário.

— Quando vamos às compras? — ele pergunta, seu rosto ilegível.

— Não tão rápido. Você prometeu me contar.

Suspirando, ele caminha até a área de jantar e se

senta. — Podemos pelo menos conversar enquanto esperamos pelo serviço de quarto? Estou morrendo de fome.

— Tudo bem. — Eu chamo e peço para todos, incluindo minha equipe de ratos. Então olho para Michael. — Agora... precisamos conversar.

Seu olhar se desvia para a cama. — Sobre várias coisas.

Merda. Acho que estou corando. — Não precisamos falar sobre o que aconteceu *lá*. Você disse que foi um erro, e eu não discordo.

Pelo menos meu cérebro não. Meus outros órgãos, especialmente minha vagina e coração, não têm tanta certeza.

— Eu disse que não deveríamos ter feito o que fizemos *antes do jogo* — diz ele. — Mas, ei, nós vencemos, então eu acho que...

— Boa tentativa. Tenho certeza de que você quis dizer 'erro' em um sentido mais amplo. E você estava certo.

Ele range os dentes. — E por que foi um erro tão grande?

— Porque não estamos realmente namorando, e eu não faço sexo casual. — E seria inútil para nós namorarmos de verdade porque isso só duraria até ele conhecer minha família.

— Nós também trabalhamos juntos — ele diz — e você me odeia.

— Não, você *me* odeia — retruco.

— Não, você...

Há uma batida na porta, e acontece que é o serviço de quarto.

Eu alimento os ratos primeiro, e como sempre, Lenin pede uma segunda vez, e depois, uma terceira.

Tovarisch, nós, os proletarirratos, fazemos todo o trabalho duro, o que naturalmente aumenta o apetite.

— Tudo bem. — Eu dou a ele uma cenoura inteira, e isso parece acalmá-lo, pelo menos por enquanto.

Voltando para a mesa onde meus tacos estão me esperando, sorrio com a velocidade com que Michael devora a maior parte da quinoa e do salmão que ele pediu.

— Então — digo depois que ele também vira um copo inteiro de suco de tomate de um gole. —, qual é o projeto secreto?

— Certo. — Ele parece pensativo enquanto devora o resto de sua refeição. — O projeto é para dar aos outros a mesma sorte que eu tive.

Ele parece ter terminado sua explicação, mas não tenho ideia do que ele quer dizer, e digo isso a ele.

Ele suspira. — Quero dar às crianças em orfanatos uma chance de jogar hóquei, ou outros esportes, e, assim, colocá-las no caminho para uma vida melhor.

Minha cabeça gira. De todas as possibilidades, isso não é algo que eu esperava – e não apenas porque isso não tem nada a ver com pandas. Isso é algo genuinamente bondoso de se fazer, e essa combinação de palavras não é algo que me vem à cabeça quando penso em Michael.

Percebendo que ele está me olhando com

expectativa, eu digo: — Uau. Isso é incrível. Como está indo?

— Não muito bem. Até agora, só consegui ajudar crianças locais da Flórida, mesmo assim, é principalmente graças ao Treinador. Foi ele quem conseguiu que os superiores da liga permitissem que minhas crianças tivessem acesso à pista e aos equipamentos antigos. Tudo o que eles precisaram além disso, comprei com meu próprio dinheiro – e o de alguns patrocinadores que encontrei até agora.

Ah. Então aqueles patins pequenos que ele me deu eram para crianças, não para mulheres? O alívio que sinto é bem ridículo e deve ser atribuído ao quão sexy Michael é quando come. E respira.

— De qualquer forma — ele continua —, quero aumentar drasticamente o que fiz até agora. Precisa ser uma fundação real que possa ajudar crianças de todo o mundo, mas isso requer muito dinheiro, e é por isso que tenho procurado pessoas que pensei que poderiam ajudar.

— Ajudarei de qualquer maneira que puder. — Olho para meus ratos enquanto uma ideia se forma em minha mente. — Se você quiser, posso levar minha pequena trupe e montar um show na arrecadação de fundos, para atrair uma multidão. Quando as pessoas passarem perto, podemos contar a elas sobre sua fundação.

Seus olhos brilham. — Você faria isso?

— Claro. — Estou sempre feliz por uma desculpa para fazer uma apresentação.

— Isso seria ótimo — ele diz — Isso resolve meu maior problema: abordar pessoas que não conheço. Dessa forma, elas virão até mim.

Eu sorrio. — Por favor, não pareça tão grato. Pode haver pessoas lá que não são fãs de ratos.

— Não são fãs de ratos? — Sua expressão é de horror fingido. — Elas devem estar mortas por dentro. Essas pessoas sem coração não teriam doado para minha causa, de qualquer maneira, então, filtrá-las economizará tempo na hora de fazer a oferta.

— Está resolvido então. — Coloquei o último pedaço de taco na boca. — Agora, vamos às compras.

CAPÍTULO 17
MICHAEL

—Este? — Calliope balança um vestido de coquetel preto sem alças na frente do corpo. — Ou este? — Ela substitui o preto por um vermelho, que parece ser ainda mais curto e com mais tecido faltando nas costas.

Minhas narinas dilatam. Imaginá-la em qualquer roupa me deixa duro, o que por sua vez torna difícil tomar decisões. — Por que você não os experimenta?

Merda. Eu basicamente pedi um show de striptease particular, então, espero que ela me diga para ir me ferrar.

— Essa é uma ótima ideia. — Ela corre para o provador, pegando mais alguns vestidos no caminho.

Enquanto espero, posiciono minhas pernas furtivamente para que minha ereção não seja tão perceptível – e estou feliz por fazer isso porque quando ela sai usando aquele vestido preto curto, meu pau precisa de todo o espaço extra, e mais um pouco.

Caramba, até Wolfgang – que ela deixou ao meu lado – parece assobiar.

E isso antes de ela girar, me dando uma visão de suas costas flexíveis e da perfeição que é sua bunda.

— O que você acha? — ela pergunta timidamente.

— Você está magnífica, *ptichka* — digo, as palavras saindo roucas. — Você vai atrair uma multidão sem a necessidade de um show de ratos. — E eu vou socar todos eles na cara.

Suas bochechas ficam rosadas. — Obrigada. Devo ficar com este?

— Não — digo, muito ansiosamente —, vamos ver os outros. — Mesmo que isso signifique que minhas bolas podem realmente explodir em pó azul.

O vestido vermelho expõe ainda mais sua pele leitosa, e eu me pego murmurando o elogio porque meu pau não deixou fluxo sanguíneo para minha língua operar corretamente.

As coisas só pioram a partir daí. Ou melhor, dependendo de como eu olho para isso. O vestido branco é mais curto que os outros. O prateado brilhante empurra seus seios para cima.

— Qual é o seu favorito? — ela pergunta.

— É difícil escolher. — Quero todos eles, mas não para a arrecadação de fundos. Minha nova fantasia é que ela use cada um deles para mim, bem reservadamente, no meu quarto. — Você faz todos eles parecerem incríveis.

Escolher apenas um é como escolher qual das minhas bolas é a minha favorita.

— Mas se você tivesse que escolher um favorito? — Ela balança dois vestidos nas mãos, esperando.

— Vermelho? — É sem dúvida a cor que seu rato comunista chamado Lenin escolheria, se estivesse aqui.

Ela franze a testa. — Acho que gosto mais do preto.

Eu arqueio uma sobrancelha. — Preto fica incrível em você. Como eu disse, todos ficam.

— Sim, mas você gosta mais de vermelho. — Ela acena para a vendedora. — Acho que devo experimentar mais alguns vestidos.

E, cara, ela experimenta mais. Se meu banco de imagens indecentes fosse um banco de verdade, precisaria abrir algumas agências novas neste momento.

Ela poderia estar me provocando? Isso é uma tentativa de sedução?

Se for o último, ela conseguiu no vestido número um. A essa altura, não consigo nem lembrar por que seria uma má ideia transar com ela até ela perder os sentidos – principalmente considerando que não tenho jogo amanhã ou em breve.

Não. Acho que é o pensamento positivo do meu pau que está me fazendo pensar que isso é uma sedução. Ela...

— E agora? — pergunta Calliope — Você tem um favorito?

Isso está começando a soar como uma pergunta capciosa. — Posso ver o preto de novo?

Assentindo com aprovação, ela desaparece no

vestiário, e eu espero com a respiração suspensa e um pau duro.

Quando ela sai, olho para o vestido como se fosse a primeira vez. — É esse — digo solenemente. E com isso, quero dizer que quando a imaginar em minha mente de agora em diante, ela estará usando esse vestido ou, mais provavelmente, nada.

Ela sorri para mim. — Quem diria que você tinha um gosto tão bom?

———

Quando voltamos para o quarto do hotel, tudo o que tenho tempo é para um banho frio e uma rápida troca de roupa. Então, seguindo as instruções de Calliope, bato antes de sair do banheiro, caso ela não esteja decente.

Porra. Pensar no que isso poderia acarretar desfaz todos os benefícios do banho frio.

— Venha — ela diz.

Quando entro na suíte, ela está de costas para o espelho gigante, graças ao qual posso vê-la de frente e de trás.

— Uau — digo em um eufemismo do século.

Suas bochechas ficam vermelhas. — Você me viu assim na loja.

Devo dizer a ela que poderia vê-la naquele vestido mais um milhão de vezes e ainda ter a mesma reação exagerada?

— Você não arrumou o cabelo na loja — digo sem

graça — Isso aumenta o 'uau'. — E ela prendeu o cabelo em um coque, o que expõe seu pescoço longo, delicado e muito beijável.

Ela sorri para mim. — Você também não está tão mal, Boo. — Ela se aproxima e pega minha gravata. — Deixe-me ajustá-la.

Enquanto ela ajeita a gravata rebelde, eu luto contra a vontade irresistível de arrancar seu vestido e carregá-la para a cama gigante.

— Assim está melhor. — Ela pisca os cílios para mim lindamente. — Agora podemos ir.

Sair é a última coisa que quero fazer, mas já estamos atrasados. Além disso, ela não gostaria que eu a levasse para a cama. Ela não gosta de encontros casuais, e não tenho certeza se temos tempo para começar um relacionamento de verdade. Não que o último seja uma boa ideia. Se namorássemos de verdade, assim que eu começasse a me importar com ela, ela iria embora, assim como todo mundo na minha vida. Não, é melhor...

— Aqui. — Ela coloca a caixa de transporte de ratos na minha mão. — Seja útil.

Ela então vasculha sua mala e tira alguns aros – para os ratos pularem –, bolas – para os ratos se equilibrarem –, um monociclo por razões óbvias, uma pequena bola de futebol e duas traves de gol.

— Isso não deveria ser um disco? — Aponto para a bola de futebol.

Ela dá de ombros. — Eu os ensinei a jogar futebol antes de saber que teria uma carreira no hóquei. — Ela guarda todos os acessórios de truques em uma bolsa e troca pela caixa de transporte em minhas mãos. — Vamos.

———

— Então — digo enquanto nos sentamos um ao lado do outro em um Uber. — Você não sabia que teria uma carreira no hóquei?

Ela balança a cabeça. — Trabalhei como personagem em parques temáticos, mas depois fui colocada na lista negra dessa área, então, aceitei o papel de mascote. O que eu realmente quero, no entanto, é fazer shows de ratos para viver.

— Você quer? — Olho para a transportadora de ratos. — Por quê?

Ela pensa na minha pergunta por um quarteirão ou mais. — Historicamente, os ratos têm má reputação e são culpados por coisas como espalhar a peste.

— É má reputação? — pergunto — Achei que eles *realmente* espalharam a peste.

Ela balança a cabeça. — Estudos recentes desmascararam essa teoria. Foram os humanos que espalharam, não os ratos.

Dou a Wolfgang um aceno de desculpas. — Eu não sabia.

— Poucas pessoas sabem. A realidade é que os ratos são criaturas fofas e inteligentes. Quando se trata de coabitação com pessoas, eles são superiores aos gatos em todos os aspectos, mas a má reputação está fazendo com que eles não sejam tão populares quanto os felinos. Pior ainda, as pessoas criam coisas como ratoeiras e veneno para ratos, que são terríveis.

Eu concordo. — Seus programas são feitos para lançar ratos em uma luz mais positiva?

— Exatamente. Meu objetivo é ajudar o grande trabalho que a Pixar começou com *Ratatouille*. Trabalho que foi continuado por heróis roedores como o Pizza Rat.

Olho para as ruas de Nova York lá fora, meio que esperando ver um rato carregando uma fatia de pizza enquanto falamos. — Acho que entendi.

Caramba, eu mesmo já estive do outro lado de relações públicas ruins, embora, admito, isso possa ter sido merecido no meu caso.

— Então — digo —, se você tivesse um programa, o que os ratos fariam?

Durante o resto da nossa viagem, ela me conta em detalhes minuciosos, e eu percebo algo que nunca teria imaginado.

Eu gostaria de ver esse programa de ratos dela.

———

A arrecadação de fundos é o tipo de fantasia que só é possível em Nova York. Se tivesse um tema, seria "dinheiro antigo" e/ou "esnobismo". A maioria das mulheres usa pérolas que parecem muito ansiosas para agarrar, e todos os homens têm uma combinação rara de mãos macias e narizes nunca quebrados no hóquei.

Só de pensar em puxar assunto com qualquer uma dessas pessoas faz minha pressão arterial disparar muito mais do que se eu tivesse que entrar em um ringue de boxe com um campeão peso-pesado.

— Vamos nos instalar aqui. — Calliope gesticula para uma das mesas longas no meio da sala.

— Claro.

Fico feliz em ter uma desculpa para adiar a conversa, levo a sacola com apetrechos de rato até a mesa e observo Calliope arrumando tudo.

— Agora, farei o que tenho que fazer, e espero que as pessoas venham — diz ela.

A pedido dela, os ratos jogam futebol – uma atividade escolhida porque é um esporte e, portanto, deve me permitir mencionar minha fundação.

Algumas pessoas se reúnem e assistem fascinadas até que a apresentação termine, com Marco – ou talvez Polo – marcando o último gol.

— Isso foi incrível — diz um dos homens, virando-se para sua esposa. — Não foi, Sugar?

Abro a boca para falar de alguma forma sobre a arrecadação de fundos, mas Sugar se intromete, perguntando se Calliope tem um cartão de visita.

— Não — responde Calliope — Desculpe. Não é sobre mim. — Ela acena na minha direção. — A apresentação foi um meio de chamar a atenção para a fundação de Michael.

Todos se viram para mim, então, começo o discurso que ensaiei tantas vezes na minha cabeça. Para minha surpresa, eles não só estão interessados, como alguns até pegam seus talões de cheque – incluindo o marido de Sugar.

— Agora que isso está resolvido — diz Sugar, virando-se para Calliope —, como posso entrar em contato com você caso eu queira contratá-la para fazer um show como esse para mim?

Usando guardanapos próximos, Calliope anota seu número.

— Obrigada — diz Sugar e vai embora.

— Droga — digo — Você pode ter seu show mais cedo do que pensava.

Calliope balança a cabeça. — Quero me apresentar em teatros ou circos. Sugar claramente tem um evento privado, como um aniversário, em mente.

— Ainda assim. Ela pode ter um convidado em seu evento que é dono de um teatro ou circo.

— Que tal focarmos em você por enquanto? — Calliope prepara o jogo de futebol novamente, e atrai uma multidão ainda maior.

— Vocês são Honey e Boo Boo? — pergunta uma moça quando a apresentação acaba.

— Sim — Calliope diz —, embora não usemos esses apelidos.

Saber que somos celebridades abre os talões de cheque das pessoas ainda mais rápido, além disso, Calliope dá mais dois guardanapos com seu número.

Na hora em que reunimos uma terceira multidão, uma pessoa se aproxima, o que me faz olhar duas vezes.

Ele é alguém que eu esperava ver mais cedo hoje.

— Tugev — digo entredentes — O que você está fazendo aqui?

Ele e seu par erguem os olhos dos ratos, e ele age como se estivesse me vendo pela primeira vez.

— Mi... Medvedev? — ele diz, arregalando os olhos.

Meu maxilar se contrai. Sei que ele ia dizer "Misha" inicialmente, mas decidiu não vomitar um insulto que sem dúvida causaria uma cena.

— O que você está fazendo aqui? — ele pergunta.

— Eu perguntei primeiro. — Cruzo os braços na frente do peito. — E já que estamos fazendo perguntas, por que você não estava no jogo?

— Eu o trouxe aqui — diz sua acompanhante com um sorriso. Ela então estende sua mão fina para mim. — Oi, eu sou Sophia. Você deve conhecer Mason do hóquei.

— Me chame de Michael. — Aperto a mão dela. — Você também o proibiu de jogar antes?

— Eu não joguei porque estou aposentado — Tugev rosna.

Então é verdade? — Que conveniente. Assim que eu ia chutar sua bunda no gelo, você se aposenta.

— Oh, por favor — ele diz com escárnio — Se eu estivesse lá, você e seu time teriam perdido.

— O que ele quer dizer é 'parabéns pela sua vitória' — diz Sophia.

— Eu quis dizer o que disse — Tugev diz a ela. Virando-se para mim, ele acrescenta relutantemente: — Fiquei impressionado com seu trabalho em equipe. Ou mais especificamente, que você conseguiu algum.

Isso é um elogio ou uma crítica?

Naquele momento, Lenin marca o último gol, e Calliope levanta os olhos do jogo de ratos.

— Ei — ela diz, olhando para Tugev — Você não é o cara que Michael queria derrotar hoje?

Tugev sorri. — Eu não sabia que ele se importava tanto comigo. Estou lisonjeado.

Eu fecho minhas mãos em punhos. — Quem dera. Mas você vai se sentir *lisonjeado* quando eu esmagar...

Calliope coloca uma mão calmante em meu ombro. — Você contou a ele sobre sua fundação? Com vocês dois sendo tão apaixonados por hóquei, ele pode ser o patrocinador perfeito.

— Que fundação? — Sophia pergunta, parecendo genuinamente intrigada.

Tugev não diz nada, mas levanta uma sobrancelha muito intencionalmente.

— Certo. — Cerro os dentes, penso nas crianças e começo meu discurso. Até me ajusto para o público, enfatizando que estou interessado em começar com hóquei como esporte e Rússia e antigas repúblicas soviéticas como locais de recrutamento.

— Isso é incrível — diz Sophia e dá uma cotovelada em Tugev.

— Eu concordo — diz ele — Conte-me mais.

Chocado com essa reviravolta, falo por um tempo. Para seu crédito, Tugev faz algumas perguntas inteligentes. Logo, ele e Sophia me recomendam seu advogado, sugerem algumas pessoas que poderiam servir no conselho da fundação e me convidam para mais eventos onde posso arrecadar fundos.

— Você falou com Orehov sobre isso? — Tugev pergunta perto do final.

— Por quê?

Orehov é um jogador de hóquei estranho porque há rumores persistentes que o ligam à máfia russa. Não tenho ideia se esses rumores são verdadeiros, mas a única vez que ele lutou contra alguém no gelo, o cara desapareceu depois.

— Dizem que ele tem muitas conexões na Rússia — diz Tugev — Imagino que isso pode ser útil se você planeja ajudar crianças lá.

— Acho que consigo sobreviver sem ele — digo — Recebo cartas regularmente de fãs russos, então é a eles que eu pediria ajuda. — Porque a última coisa que quero é misturar ajudar crianças com uma pitada da máfia russa.

— O que for melhor para você. — Tugev vai até o bolso interno do paletó para tirar seu talão de cheques. — Isso é só o começo. — Ele preenche o cheque e me entrega.

Quando vejo o número, meus olhos se arregalam. Isso é mais dinheiro do que qualquer um já contribuiu para minha causa, mesmo se você juntar tudo e adicionar alguns zeros. Acho que isso era de se esperar. Afinal, Tugev é um bilionário, mas...

O suspiro alto da boca de Calliope é estranhamente sexy. Ela também notou o número obsceno.

— Isso vai ajudar muitas crianças — digo

solenemente, olhando para Tugev. — Obrigado, Mason.

Ele me entrega um cartão de visita. — Como eu disse, isso é só o começo. Vamos conversar quando você tiver aumentado um pouco o fundo, e eu poderia fazer uma contribuição mais significativa.

Atordoado com a ideia de um cheque ainda maior, eu assinto e observo enquanto ele e Sophia saem para se misturar com outras pessoas.

— Você acha que ele fez isso porque se sentiu mal por perder o jogo? — Calliope pergunta.

Eu dou de ombros. — Se for esse o caso, estou feliz que ele se aposentou. Esse dinheiro muda tudo.

Ela aperta meu ombro. — Vamos continuar enquanto a coisa está boa.

— Claro.

O show de ratos recomeça, e nós retornamos ao nosso modo de arrecadação de fundos – que, de alguma forma, é muito mais tranquilo agora que eu tenho aquele cheque gigante. É como se as pessoas pudessem sentir o sucesso e fossem atraídas por ele. Isso ou eu sou melhor em habilidades sociais quando a pressão diminui. Na verdade, perco a conta dos cheques que recebo, e então, assim que o último grupo sai, uma mulher sobe no pódio na frente da sala e bate no microfone.

— A maratona de dança está prestes a começar — ela diz —, mas estamos com falta de dançarinos. Alguém quer se voluntariar? — Ela olha diretamente para nós. — Principalmente alguém que seja uma sensação viral?

Eu balanço minha cabeça.

Calliope faz o mesmo.

— Oh, não sejam tímidos — diz a mulher — Tenho certeza de que arrecadaremos muito dinheiro se vocês participarem, e pode ir para a causa de sua escolha.

— Mesmo que seja dele? — Calliope aponta para mim.

— Claro — diz a mulher.

Merda. Nós realmente vamos fazer isso?

Provavelmente não. Calliope ainda parece incerta. — Não posso deixar meus ratos sozinhos — diz ela.

— Vou cuidar deles — diz a mulher, e ela deve ter muito Botox porque consegue franzir o nariz sem causar nenhuma ruga.

— Vou fazer uma oferta de cem mil se você dançar — diz Sophia, os olhos brilhando maliciosamente. — Tenho certeza de que outras pessoas serão ainda mais generosas. — Ela acena para seu par.

Outras pessoas entram no espírito de nos pressionar e fazem ofertas. Então, de acordo com a mulher instigadora, acaba havendo dinheiro adicional vindo da plebe que assistirá à maratona de dança online.

— Deveríamos fazer isso — Calliope sussurra em meu ouvido. — As crianças poderiam usar esse dinheiro.

— O cheque de Tugev faz com que não precisemos fazer nada que não queremos fazer — eu sussurro de volta — Você já fez tanto. — Duvido que eu teria levantado uma fração dessa quantia insana sozinho.

Seus lábios roçam suavemente em meu ouvido enquanto ela sussurra: — Dançar juntos também ajudaria a vender nossa farsa. Casais de verdade dançam.

Caralho. Fazendo uma mímica de algo que um patinador artístico faria, estendo minha mão teatralmente. — Você gostaria de dançar?

Corando por algum motivo incompreensível, ela pega minha mão e caminhamos até a pista de dança, onde somos acompanhados pelos voluntários que a moça mencionou antes.

— E vocês dois? — a moça pergunta a Tugev e Sophia — Vocês vão se juntar?

Eles vão. Outro casal também, e mais alguns depois disso.

Enquanto esperamos pela música, percebo que meu coração está batendo forte – e não apenas pela proximidade de Calliope ou pelo fato de sua mão esbelta estar envolvida na minha. Nem estou incomodado pelo fato de que essa apresentação será transmitida ao vivo. Não. Está batendo forte devido a uma percepção tardia.

Quero que esse relacionamento falso com a mascote do meu time seja real.

CAPÍTULO 18
CALLIOPE

One More Time, de Daft Punk, ecoa pelos alto-falantes ao nosso redor, e começamos a nos mover, o que me dá um flashback de quando Michael esteve recentemente dentro de mim. Ou talvez não seja apenas um flashback. Talvez eu o queira de volta? Tudo o que sei é que estou anormalmente excitada na frente das pessoas mais ricas de Nova York, e o corpo poderoso de Michael girando ao meu lado não está ajudando nem um pouco.

— Você é uma boa dançarina — ele murmura em meu ouvido.

— É tudo uma questão de equilíbrio e ritmo — Suspiro no dele —, e você também não é ruim. — E com isso, quero dizer que ele é a personificação de sexo em um taco de hóquei.

Sorrindo, ele move seu corpo ainda mais sensualmente, enquanto eu rezo para que minha reação a ele permaneça dentro da minha calcinha.

Quando a música para, os dançarinos são pontuados, com o casal perto de nós recebendo as notas mais altas.

Michael se inclina e eu meio que espero que ele me beije, mas ele fala suavemente no meu ouvido. — Esta maratona de dança é uma chance de vencer Tugev.

Eu franzo a testa. — Mesmo depois de todo aquele dinheiro que ele deu para as crianças?

Ele dá de ombros. — É uma competição. Alguém tem que ganhar. Por que não nós?

— Pode ser.

Como você chama o equivalente feminino de bolas azuis? Vulva azul? Pergunta legítima.

A próxima dança é ainda mais quente, e nós conseguimos as maiores pontuações. Infelizmente, Sophia e Tugev pontuam na próxima rodada, e, dados os olhares que os dois homens trocam, Tugev é tão competitivo quanto Michael.

— Precisamos de mais pontos de sensualidade na próxima rodada — Michael me informa.

— Como? — E é uma boa ideia? Estou a alguns pontos de escalar Michael como um panda faria com o bambu mais delicioso, e muito duro.

— Fique mais perto — ele diz — e gire mais.

— Se eu chegar mais perto, podemos precisar de uma camisinha — murmuro, mas faço o que ele sugere, o que nos rende outra pontuação alta – e me deixa cada vez mais perto da vulva azul.

Infelizmente, apesar de nossas melhores piruetas na

próxima música, Tugev e Sophia saem vitoriosos – o que significa que agora é um empate.

A próxima é o Cha Cha Cha – que, sendo uma dança de salão, requer prática prévia que Michael e eu não temos. Nem Tugev e seu par, ao que parece. Em vez disso, as pontuações mais altas vão para um adorável casal mais velho que é tão bom que pode ser apenas um profissional aposentado. Este mesmo casal domina a rodada de valsa que se segue, e o tango, e o resto das danças de salão – o que os torna os vencedores de toda a competição. Ninguém parece se importar com quem ficou em segundo ou terceiro lugar.

A expressão no rosto de Michael é estrondosa, me fazendo temer pela segurança do casal mais velho. À nossa esquerda, Tugev usa um semblante combinando – o que só confirma que todos os jogadores de hóquei são competitivos demais para serem considerados sãos.

— Vamos dar uma olhada nos meus ratos — digo.

Michael parece se livrar das fantasias violentas que ele estava alimentando contra os vencedores. — Sim. E então vamos embora?

Eu assinto. Quanto mais cedo pudermos voltar para o hotel, mais cedo eu posso trocar minha calcinha.

———

Quando chegamos à porta da nossa suíte de lua de mel, percebo que ela não está totalmente fechada, então menciono isso a Michael.

— Deixe-me ver. — Ele se abaixa para examinar a fechadura, e cada músculo do seu corpo parece ficar tenso.

— Alguém arrombou — ele diz severamente enquanto se endireita. Suas mãos se fecham em punhos apertados.

— Você acha? — Eu empurro a porta, e ela se abre.

A fechadura foi claramente adulterada.

— Fique aqui — Michael ordena — Eu vou entrar para...

— Não. — Agarro seu cotovelo — E se eles ainda estiverem lá?

Há um brilho escuro em seus olhos. — É isso que eu espero.

Eu aperto meu aperto nele. — Não. Eu proíbo.

— Você proíbe? — Ele libera seu braço e estreita seus olhos.

— Você pode se machucar. — E só de pensar nisso enche meu interior com nitrogênio líquido.

— Seu perseguidor está prestes a se machucar, não eu. — A maneira assustadora como ele diz as palavras me lembra daquela cena de ataque aterrorizante de *O Regresso*.

Eu o encaro boquiaberta. — Você acha que isso está relacionado a...

— Sim. Eu acho.

Eu agarro seu braço novamente. — Nesse caso, eu *realmente* não quero que você entre aí. E se esse psicopata tiver uma arma?

Ele dá de ombros. — Ainda não seria uma luta justa.

É oficial. Testosterona é uma toxina. — Por favor. Não faça isso. Estou preocupada que ele passe por você e depois me agarre.

— Oh. — Michael se vira para mim, preocupação estampada em suas feições. — Eu não pensei nisso. Desça. Agora.

— Não. Nós vamos juntos.

Ele parece relutante, então acrescento: — E se o perseguidor estiver no saguão?

— Certo — ele diz entredentes — Vamos.

Pegamos o elevador juntos, corremos até a concierge e explicamos a situação. Logo, dois policiais aparecem, assim como uma mulher que parece ser a alta gerência dessa rede de hotéis. Os policiais sobem até a suíte, mas quando voltam, nos dizem que não havia ninguém lá dentro – e que o quarto não parecia ter sido saqueado.

— Exceto pelo traje de urso — diz o policial barbudo — Alguém o rasgou.

Meu traje de mascote? Por quê?

— Você deveria ir ver se falta alguma coisa — diz a gerente.

Concordamos, e ela nos acompanha ao lado da polícia enquanto subimos as escadas. Descobrimos que tudo está realmente em ordem, exceto meu traje, que alguém cortou em pedaços do tamanho de um ursinho de pelúcia.

— Quem faria isso? — Eu arregalei os olhos para o pobre traje.

— E por quê? — pergunta a gerente.

— Algum fã estranho? — o policial barbudo sugere.

— Acho que é um perseguidor — diz Michael — Alguém que está atrás de Calliope. — Ele olha furioso para o traje — Acho que isso foi algum tipo de ritual doentio.

Uau. Isso é sombrio. Ele acha que quem fez isso estava me imaginando dentro do traje enquanto ele o destruía?

Eu me viro para a mulher. — Você pode descobrir quem era com base nas imagens de segurança?

Ela concorda. — Os policiais já solicitaram. Infelizmente, mudamos recentemente para um novo sistema, então me disseram que pode levar alguns dias para obter as imagens.

— Você vai me enviar assim que tiver — diz Michael imperiosamente.

— Vou enviar para a polícia.

A expressão no rosto de Michael faz com que os dois policiais coloquem as mãos sobre as armas. — Você vai me enviar a filmagem ou...

— Lembre-se, estaremos na Flórida em alguns dias — Eu entro na conversa. Tenho a sensação de que Michael está prestes a ser preso por fazer ameaças mortais ou algo assim, então rapidamente acrescento: — e se esta for uma situação de perseguição, ele pode nos seguir até em casa e não deixar nada para a polícia em Nova York fazer. — O que não menciono é meu ceticismo sobre os policiais sequer olharem para a filmagem, já que nada foi roubado e ninguém ficou ferido.

— Na verdade — o policial barbudo diz —, se...

— Já estou farto disso — Michael rosna. Ele se aproxima da gerente. — Você sabe quem somos?

Ela balança a cabeça.

— Pesquise no Google 'Honey e Boo Boo' — ele diz severamente — e então pergunte a si mesma se você quer que a gente cague publicamente no seu hotel, que é o que vai acontecer se você não atender ao meu pedido muito razoável.

A mulher pega o telefone, faz uma busca e empalidece.

— Qual é o seu e-mail? — ela pergunta a Michael.

Ele dá a ela, e ela promete que enviará a filmagem que ele quer.

— Nós já vamos — diz o policial barbudo.

— Obrigada pela sua ajuda — digo.

Assim que eles saem, Michael pede à gerente outro quarto.

— Consiga dois — digo.

Agora que o jogo acabou, eles devem ter mais disponibilidade.

— Dois? — A gerente parece confusa. — Vocês não estão juntos?

Merda. O relacionamento falso. — Nós brigamos.

— Ei, isso não é exatamente uma mentira. — Eu preciso de um pouco de espaço.

— Um quarto. — Michael se vira para mim, os olhos semicerrados. — Eu insisto.

— Por quê? — Apesar do susto, ou talvez por causa dele, estou mais excitada do que nunca e, portanto, não posso confiar em mim mesma para ficar na mesma cama que ele. Especialmente depois de ontem.

Ele se aproxima e pega minha mão. — Até que essa coisa de perseguidor seja resolvida, eu não quero que você fique sozinha.

Droga. Ele faz sentido, mas isso também significa que dividiríamos um espaço por pelo menos mais alguns dias, uma ideia que me faz sentir estranhamente animada.

— OK — digo à gerente com minha melhor cara de blefe. — Um quarto, por favor.

— Você pode ficar com a Suíte Presidencial — ela diz — Tem dois quartos, então, vocês podem escolher dormir em qualquer arranjo que desejarem.

Por que estou tão decepcionada com a ideia de dois quartos? Porque estou, e enquanto a gerente nos ajuda a fazer a mudança para a Suíte Presidencial, Michael também não parece satisfeito.

— Vou contratar segurança particular para vigiar o corredor do lado de fora da sua porta — diz a gerente antes de sair —, e enquanto esperamos por eles, vou mandar dois carregadores fazerem o trabalho.

Uau. — Obrigada. Você foi ótima. — Eu quase posso perdoar a ideia de dois quartos.

Quase.

— Sem problemas — ela diz e sai.

— Quando brigamos? — Michael exige assim que estamos sozinhos.

— O quê?

— Você disse a ela que brigamos — ele diz — A que você estava se referindo?

Eu pisco para ele. — Eu só estava disfarçando por dizer que precisamos de dois quartos.

— Ah. — Ele dá um passo em minha direção —, mas isso deixa a pergunta: por que você *quer* quartos separados?

Meu batimento cardíaco dispara. — Por que não? Era isso que queríamos ontem à noite.

Aqueles olhos negros brilham perigosamente. — Isso foi *antes*.

Eu levanto meu queixo. — Antes do ato que você chamou de erro?

Enquanto suas narinas se dilatam, percebo que até seu nariz é forte e atraente.

— Sujo falando do mal lavado — ele diz entredentes — Foi você quem chamou o que aconteceu de erro. Algo sobre encontros casuais e alegações de que eu não namoro.

— Bem, você não namora. Você tem alguma regra idiota sobre isso.

Ele diminui a distância e levanta meu queixo com os nós dos dedos dobrados. — Sempre há exceções para cada regra.

Com isso, ele reivindica meus lábios em um beijo cruel e abrangente.

CAPÍTULO 19
MICHAEL

la retribui meu beijo com uma ferocidade que eu não esperava, e então ela se abaixa para desabotoar meu cinto.

Algum tipo de fera – sem dúvida um urso – desperta dentro de mim, e eu luto contra a vontade de rugir enquanto a pego e a levo para a cama gigante.

Em um frenesi frenético, puxamos as roupas um do outro até que elas se amontoem na beirada da cama, revelando Calliope em toda sua glória pálida e deliciosa.

— Eu quero tanto te foder. — As palavras saem de mim com um gemido de dor. — Você não tem ideia do que faz comigo, *ptichka*.

Em resposta, suas bochechas e seios ficam de um rosa mais profundo do que seu cabelo. — Aposto que quero te foder mais.

— Não tem como isso ser verdade. — Eu seguro seu seio.

— Tudo precisa ser uma competição com você? — Ela suspira, seu mamilo endurecendo sob meus dedos.

— Não. — Eu abro suas pernas e dou beijos leves do seu joelho até sua coxa. — Quando se trata de você, eu sinto que já ganhei.

— Isso nem faz sentido — ela diz atordoada — Se...

Meus beijos alcançam a carne úmida e aquecida de sua boceta, e isso parece calá-la – um truque que vou manter em mente para referência futura.

Quando dou uma lambida gananciosa em sua entrada, ela tem um gosto inebriante de algodão doce, nozes torradas e algo inefável que é puramente dela.

Um gemido desesperado escapa de seus lábios, me incitando a lamber mais alto, onde seu clitóris apertado se esconde timidamente em um capuz rosa de carne.

— Oh, meu — Ela suspira enquanto chego ao meu destino.

Agarrando-a pelas nádegas deliciosamente redondas, eu a levanto em minha direção e circulo minha língua em volta de seu pequeno broto, fazendo-a gemer novamente. E novamente.

— Isso mesmo — murmuro bem em sua carne bonita enquanto seus músculos começam a tremer. — Goze para mim.

Ela o faz, e com um grito.

Deslizo minha língua por sua barriga até chegar ao seu pescoço, que mordisco. — Isso foi só o começo — sussurro sensualmente em seu ouvido — Hoje à noite, farei você gozar mais do que nunca na sua vida.

Ela balança a cabeça languidamente. — Como eu estava dizendo, competitivo.

Porra. Talvez eu seja. Porque eu quero fodê-la tão completamente que apagará de sua mente qualquer lembrança de qualquer pessoa além de mim.

— Vire — ordeno roucamente.

— Por quê? — ela pergunta, mas obedece.

— Você vai receber uma massagem no glúteo. — E finalmente vou pegar um punhado daquela bunda doce que tem me provocado o tempo todo.

— OK. — Ela levanta a bunda no ar, sem dúvida em uma tentativa equivocada de me ajudar.

Caralho. O pensamento de uma massagem desapareceu da minha mente. O que eu realmente quero fazer é deslizar meu pau dentro dela, por trás, e bater nela até...

Não.

Se eu quiser atingir meu objetivo anterior, terei que exercitar todo o meu autocontrole disponível.

Pegando um punhado de carne pálida, aperto com as duas mãos e depois amasso o músculo.

— Uau. — Ela relaxa visivelmente — Isso é muito bom.

Muito bom? Intensifico meus cuidados até que ela se transforme em massa em minhas mãos e geme de prazer.

Quando meu pau parece que vai explodir, eu a lambo por trás até que ela goze para mim mais uma vez, as mãos se fechando sobre os lençóis engomados e um grito desesperado escapando de seus lábios.

— Vire-se — ordeno rispidamente.

Ela o faz, e sinto uma quantidade excessiva de satisfação quando vejo o quão apertados seus mamilos e seus olhos encobertos estão.

Ela parece devidamente fodida, e meu pau ainda não chegou nem perto dela.

— Aqui. — Levo o indicador e o dedo médio da minha mão direita até seus lábios perfeitos. — Deixe-os bem molhados.

Com os olhos arregalados, ela chupa meus dedos como uma boa menina, e quando estou satisfeito com a lubrificação resultante, deslizo-os para dentro dela, esticando-me suavemente – e quase gozo quando sinto o calor escorregadio dentro dela.

A expressão de êxtase em seu rosto me incita, e deslizo meus dedos para dentro e para fora, então os entorto, localizando um pedaço de tecido logo atrás...

— Sim! — Ela suspira — Rápido. Por favor.

Bem, se ela vai implorar tão bem, não tenho escolha, tenho? Concentro-me no local que encontrei até que seus dedos se curvam e ela grita ao atingir outro orgasmo.

— Bom trabalho, *ptichka* — eu canto roucamente — Agora, mais um.

— O quê? — Seus olhos se arregalam.

Como ações são melhores que palavras, coloco minha língua em seu clitóris novamente, e tudo o que preciso é de algumas lambidas antes que ela goze desfeita para mim novamente.

— Agora — rosno —, eu quero estar dentro de você.

— Finalmente. — Ela pega uma camisinha, rasga e embainha meu pau.

Não sei se acabei de desenvolver uma nova tara ou o que, mas ver aquelas unhas brilhantes perto do meu eixo quase me faz gozar muito rápido, mas felizmente, não gozo. Em vez disso, entro com muito cuidado em sua boceta incrivelmente confortável e deixo que nós dois nos ajustemos às sensações por um segundo antes de ousar me mover.

— Não — ela implora, se contorcendo embaixo de mim. — Não seja gentil. Eu quero muito forte.

Eu pensei que era uma fera antes? Porque isso não se compara à ferocidade com que eu empurrei dentro dela, muito feliz em dar a ela exatamente o que ela quer.

— Sim! — ela grita, cravando as unhas nas minhas costas — Assim!

Eu entro nela com tudo que tenho, e ela goza em todo o meu pau, de novo e de novo, até que eu perco a conta de seus orgasmos junto com minha mente. Finalmente, com um grunhido selvagem, minha própria liberação irrompe.

O resultado é um pouco nebuloso em minha mente. Ela sai para se lavar, e eu acho que faço o mesmo, mas então nos encontramos presos em um abraço e debaixo das cobertas, momento em que caio no sono mais profundo e doce da minha vida.

CAPÍTULO 20
CALLIOPE

Quando acordo, estou enrolada em Michael como um cobertor. Enquanto me desvencilho dele, ele abre os olhos.

— Bom dia — ele murmura.

Não sei por que coro, mas coro, também cubro meus seios com o cobertor, como se não tivéssemos...

— Você quer ir ao banheiro primeiro? — ele pergunta — Ou eu devo ir?

Como ele está acordado o suficiente para ponderar escolhas tão difíceis?

— Vai você. — Dessa forma, posso vestir algumas roupas enquanto isso.

Ele salta da cama como se já tivesse tomado dois expressos, e eu gosto de ver sua bunda nua e coxas flexionando a cada passo.

Assim que tenho um minuto de privacidade, visto-me e pondero as implicações da noite passada, também conhecida como o melhor sexo que já tive, ou MS para abreviar.

Logo antes de MS acontecer, Michael deu a entender que, apesar de ter uma regra contra namoro, ele abriria uma exceção para mim. Claro, não ficou muito claro se era ele me pedindo para um longo relacionamento ou afirmando que é uma possibilidade remota.

De qualquer forma, o que eu também não sei é se quero que a gente namore. Assim que ele conhecer minha família, ele vai perceber que...

— O banheiro é seu — Michael diz, me assustando.

Quando olho para ele, ele – infelizmente – está de roupão.

— Você pode pedir serviço de quarto? — peço.

Ele assente, e eu corro para o banheiro para fazer minha rotina matinal.

Quando saio, ele está vestido e terminando uma ligação.

— Consegui adiantar nosso voo — ele diz, guardando o telefone no bolso.

Inclino minha cabeça interrogativamente.

— Vou me sentir melhor lidando com o perseguidor no meu território — ele explica.

Oh, merda. Ele me fodeu tanto que eu esqueci completamente do perigo que corremos. Agora que me lembro, não tenho certeza se me sentiria mais segura em casa e digo isso a ele, lembrando-o de que meu vestiário foi invadido, e talvez meu apartamento.

— É por isso que quero que você fique comigo —

ele diz — Eu moro em uma comunidade privada e estou cercado por vizinhos intrometidos. Não há como o perseguidor...

— Espere. — Eu o encaro — Você está me pedindo para morar com você?

Alguém bate na porta. — Serviço de quarto.

Michael deixa a mulher entrar, e vejo que ele não só pediu comida para nós dois, mas também para meus ratos – que é o argumento mais persuasivo que ele poderia ter feito para essa ideia maluca de "morarmos juntos".

— Sim — Michael diz quando estamos sozinhos novamente — Eu quero que você se mude.

Aperto minha quesadilla de café da manhã com tanta força que um pedaço de queijo Monterey Jack pinga no meu prato. Wolfgang se aproxima e devora tudo.

Meine Liebe, diga a ele que você vai se mudar se ele puder garantir que todos os dias começarão com essa quantidade de queijo premium.

Eu limpo minha garganta. — Você não acha que essa 'amizade colorida' está mudando nosso relacionamento – ou o que quer que seja isso – um pouco rápido demais?

Ele franze a testa. — Quem diz 'amizade colorida' hoje em dia?

— Morar é um passo sério — digo, ignorando a provocação.

— Não estou pedindo para você se mudar porque estamos namorando. — Ele pega sua colher e a enfia em sua tigela de aveia simples de aparência nada apetitosa. — É para mantê-la segura.

Hein. Eu entendi errado? Minhas axilas começam a suar. — Então... não estamos namorando?

Seus olhos brilham. — Claro que estamos. Não estabelecemos isso ontem à noite?

Ufa. Teria sido constrangedor errar. E mais do que um pouco decepcionante.

— Você disse 'exceções podem ser feitas' — Eu o lembro — Isso não é exatamente...

— Calliope — ele diz sombriamente —, eu tenho um grande anúncio que gostaria de fazer. Preste atenção, por favor.

Eu solto meu fôlego. — OK, OK, eu entendi...

— Você me daria a honra de ser minha namorada? — ele diz no mesmo tom — De verdade dessa vez?

Porra. Agora que a pergunta foi feita, eu sinto um pânico total, o que é muito estúpido, considerando o quanto eu queria isso um segundo atrás.

— Eu vou namorar você com uma condição — Eu deixo escapar — Você conhecer minha família na próxima sexta-feira.

A lógica – se é que há alguma nessa loucura – é que se ele não consegue lidar com a loucura que é minha família, é melhor saber agora. É cedo o suficiente para que meu coração não esteja em perigo. Muito perigo, pelo menos.

Sim. Não acredito que não pensei nessa ideia antes.

Michael me encara. — 'Conhecer os pais' também

não é um passo que acontece muito mais adiante nos relacionamentos?

— Às vezes — digo — No nosso caso, minha família acha que estamos namorando esse tempo todo. Exceto minha irmã Seraphina, que sabe a verdade, mas ela ficava dizendo que acabaríamos juntos, de qualquer maneira. Conhecer todos eles vai limpar o ar. — Ou colocar um prego no caixão desse relacionamento.

— OK. Vou conhecer os Klaunbuts. — Ele pronuncia meu sobrenome no estilo alemão que eu inventei.

Eu suspiro. — Está tudo bem. Você pode falar na pronúncia correta. Até na cara deles. É assim que eles são chamados.

Ele assente, então olha pela janela, arregalando os olhos.

A princípio, meu coração afunda quando imagino o perseguidor explorando nosso quarto.

Mas não é isso.

É um pássaro sentado no parapeito de uma janela.

Um espécime lindo com costas cinza-azuladas, o peito branco e a cabeça preta.

— É um falcão peregrino — Michael diz reverentemente.

Ah, certo. Ele é um observador de pássaros. Mas... — O que ele está fazendo aqui em Manhattan?

Até agora, eu achava que as grandes cidades só tinham dois tipos de pássaros – pombos e pardais – mas este não é nenhum deles.

Michael pega seu telefone e tira uma foto. — Ouvi falar de pessoas que os viram aqui. Temos muita sorte.

Alguns dos meus ratos produzem guinchos curtos de desaprovação, enquanto outros os elevam para guinchos longos, que é a versão deles de "pau no cu".

— Não acho que meus ratos nos consideram tão sortudos — digo.

Michael acena para longe. — Os ratos não são a principal fonte de alimento do falcão peregrino.

Eu zombo. — Isso significa apenas que eles comerão um quando não houver nada mais saboroso por perto.

Eu coloco meus pequenos na caixa de transporte. De qualquer forma, vamos embora em breve, assim, eles se sentirão mais seguros.

Michael tira outra foto. — Sendo o animal mais rápido do planeta, o falcão peregrino é famoso por suas habilidades de caça. Eles podem até capturar outros pássaros.

— Uau. — Ele consegue contar fatos sobre qualquer pássaro aleatório?

— Eles também podem voar vinte e quatro mil quilômetros por ano para migrar entre continentes — ele continua — Eles nidificam em penhascos altos ou prédios, e acasalam para o resto da vida.

Ah. Essa última parte me faz quase simpatizar com essa máquina de matar ratos.

Com um bater de asas poderosas, o falcão peregrino levanta voo – e eu silenciosamente espero que ele tenha visto um pombo em vez de algo pequeno e fofinho, como um rato.

— Isso fez sua viagem? — pergunto — Ou foi aquele grande cheque ontem à noite?

Os olhos de Michael escurecem quando ele se vira para mim. — Algo ontem à noite fez meu ano... mas não foi o cheque.

Ótimo. Agora estou corando. De novo.

———

— Qual o tamanho do caminhão que precisamos alugar para levar suas coisas para minha casa? — Michael me pergunta quando pousamos na Flórida.

Eu rio. — Eu dividia um quarto com minha irmã até recentemente. Minhas coisas cabem no porta-malas de um carro. — E uma quantidade vergonhosa de meus bens materiais estão realmente comigo agora.

— Ótimo. — Ele me ajuda a levar esses bens para seu carro, e então seguimos para minha casa, onde estacionamos ao lado do lago, cuja vista provavelmente vou perder.

— Você só gosta de pássaros? — pergunto a Michael e então gesticulo para o jacaré gigante que está se aquecendo ali perto. — Ou um parente próximo deles também lhe interessaria?

Ele balança a cabeça. — Sem asas, sem interesse.

— E o avestruz? Eles não têm asas.

Ele coça a cabeça. — Eles têm asas vestigiais. Embora seja um ponto discutível porque eu gosto de ver pássaros em seu habitat natural, e não estamos na África.

Revirando os olhos, eu o levo para minha casa e mostro as tábuas do assoalho que eu achava que estavam bagunçadas.

— Esta costumava ser a casa do Ted, certo? — Michael pergunta, agachando-se para examinar o chão.

Eu assinto.

— Será que ele deixou algo aqui, como drogas, e depois entrou furtivamente para pegá-las de volta?

Dou de ombros. — Não conheço o cara, mas parece possível.

Michael remove algumas tábuas do assoalho e exala em decepção. — Nada lá agora.

Dou de ombros novamente e vou arrumar minhas coisas, o que leva vinte minutos.

———

— Uau, sua comunidade é muito legal — digo quando passamos pelo portão chique.

Há garças e patos gigantes nadando em um lago próximo, assim como o que Michael me diz serem pássaros-cobra, junto com um monte de outras aves.

— Morar aqui tem sido muito útil desde que o negócio de vídeo viral começou — ele diz depois de identificar cada pássaro para mim. — A segurança não permitirá que nenhum abutre da mídia entre, ou mesmo fique perto do portão.

Huh. — Você os assustaria, de qualquer maneira.

Ele dá de ombros. — Estou feliz por ter sido poupado da dor de cabeça.

Estacionamos na entrada de uma casa que é tão grande que está a apenas alguns tijolos de ser uma mansão. Fico boquiaberta com a grandiosidade enquanto Michael abre a porta para mim. Quando entramos, ele diz: — Bem-vindos à minha humilde morada.

— Certo. Humilde. — O teto tem cerca de seis metros de altura, há pinturas e estátuas de pássaros deslumbrantes por todas as paredes, e a mobília parece ter saído diretamente de um catálogo de móveis europeu.

— Seus ratos podem ficar com a sala de estar — ele diz, me levando para um espaço maior do que o apartamento que acabei de desocupar.

Deixo os ratos saírem e todos parecem felizes, exceto Lenin, que me olha com reprovação.

Tovarisch, você está me transformando, o proletarirrato, em um burguês gordo.

— Onde vou ficar? — pergunto a Michael.

Por favor, diga "minha cama".

— Tenho dois quartos de hóspedes — ele diz — Vamos ver qual você prefere.

Estou impressionada e desapontada. Além disso, eu estava errada antes. Isto *é* uma mansão. — Parece que nós, mascotes, não ganhamos tanto quanto os jogadores — divago enquanto andamos de quarto em quarto luxuoso.

Michael resmunga. — Dado o quanto eu odiava a

ideia da Flórida, eles tiveram que me dar um salário muito competitivo para me atrair para cá.

Eu me viro para encará-lo. — O que você poderia odiar em viver na Flórida?

— Porra de luz solar. — Ele dobra o dedo mindinho — Ela te cega, te dá câncer e te acorda muito cedo de manhã. — Ele dobra o dedo anelar — Porra de grama. Está em todo lugar, e tem cobras espreitando nela, e pesticidas, e insetos que são resistentes a esses pesticidas. — Ele dobra o dedo médio — Porra de oceano. É molhado e muito salgado, e as pessoas se afogam nele o tempo todo, e os peixes urinam nele. E tem tubarões que...

— Nossa, pare. — Aposto que ele ia usar todos os seus dez dedos, e talvez passar para os dedos dos pés. — Deve haver coisas que você aprendeu a gostar.

Seus olhos brilham. — Você quer dizer... além de certas pessoas especiais?

Concordo, meu peito borbulhando de repente.

Ele franze os lábios de uma forma que me faz querer beijá-los. — Os pássaros, obviamente. — Ele me leva até uma grande janela de frente para uma floresta e olha em um telescópio por alguns segundos. Um sorriso quase infantil aparece em seu rosto e faz algo doer na boca do meu estômago quando ele diz: — Ethan e Mo estão alimentando Eye neste exato momento. — Ele me puxa — Dê uma olhada.

Eu dou, e é fofo, ou tão fofo quanto assistir um pássaro regurgitar comida no bico de um pássaro menor pode ser.

— Os falcões acasalam para o resto da vida? — Eu me afasto do telescópio.

— Esse tipo sim — ele diz — O que é ainda mais impressionante dado o fato de que eles são pássaros solitários.

Huh. — É verdade que eles podem acasalar no ar? — Porque isso parece bem legal, especialmente se...

— Não — ele diz — Quando o macho quer cortejar uma fêmea, ele mergulha para mostrar a ela o quão bom caçador ele é, e então a ataca. O que se segue parece apenas que eles estão fazendo isso no ar. Mas, na realidade, se ela estiver a fim de transar, eles farão isso em um poleiro, no chão ou em seu ninho.

Por que a ideia de ser derrubado parece meio sexy? Eu tenho um cérebro de pássaro?

Meu telefone toca, me poupando de pensar em mais perguntas do mesmo tipo.

— É minha irmã — digo a Michael enquanto atendo.

Assentindo com conhecimento de causa, ele sai do alcance da voz.

— Ei — digo.

— Não me diga 'ei' — diz Seraphina severamente — Mais uma vez, nossa família tem que saber sobre você por meio de vídeos virais.

— O quê?

— O jeito que seu namorado quase matou a mascote Yeti — diz ela — e aquele beijo. Não tem *recurso* para isso.

Não pergunto a ela sobre qual dos muitos beijos ela

está falando porque isso seria apenas reforçar seu ponto de vista.

— Eu vou compensar você e todos os outros na família — digo.

— Vai? — Ela parece bem cética.

— Mamãe e papai ainda mantêm o jantar da sexta-feira?

— Não creio — ela chia — Você não pode estar falando sério. Você realmente vai...

— Vou. Supondo que a mamãe concorde.

Há um som de corrida do outro lado da ligação, e ouço Seraphina perguntando à mamãe se ela quer conhecer meu Boo Boo.

Algo faz barulho alto. Seraphina grita algo como "esse é meu telefone".

— Calliope — mamãe diz, a excitação em sua voz um pouco perturbadora —, se você não trouxer seu namorado depois de me provocar assim, não vou falar com você por um mês.

— Espere. — Eu localizo Michael e silencio meu telefone para perguntar se ele gostaria de jantar com minha família na sexta-feira.

Ele sorri. — Eu adoraria conhecer sua família.

Sim, claro. Lá se vão as famosas últimas palavras em nosso relacionamento em desenvolvimento.

CAPÍTULO 21
CALLIOPE

Não demoro muito para arrumar minhas coisas no quarto de hóspedes que escolhi, embora eu me sinta deprimida com a ideia de dormir aqui em vez de ao lado de Michael... supondo que seja esse o arranjo que ele tem em mente.

Avistando o que sobrou do meu traje de urso, ligo para o Treinador, e ele me garante que Michael já lhe contou sobre a perda e que um novo traje estará esperando no meu vestiário.

Quando termino tudo, Michael se oferece para preparar o jantar para nós.

— Posso ajudar? — pergunto.

— Se quiser. — Ele me leva até a cozinha, onde me faz assistir enquanto ele corta cogumelos habilmente e os frita sem qualquer sinal de precisar da minha ajuda.

— Não percebi que você precisava de mim para apoio moral — resmungo enquanto meu estômago ronca com o cheiro terroso e delicioso.

Michael ri. — Você sabe fazer *vareniki*?

— Não sei o que é isso.

— Um prato básico ucraniano — diz ele — Parecido com *pelmeni*, mas com mais opções de recheios.

— Ah, isso explica — digo com um revirar de olhos — O que é *pelmeni* então? — Outro apelido que ele planeja me dar?

— Eles são um tipo de bolinho russo. — Ele tira um pacote de farinha de uma gaveta que é tão alta que eu precisaria de um banquinho para alcançá-la. — Eles são originários da Sibéria e provavelmente foram inspirados nos wontons chineses.

— Ah. Isso parece delicioso.

E ei, "bolinho" pode ser um termo carinhoso, embora eu prefira fortemente "passarinho".

— Ambos os pratos são deliciosos. *Pelmeni* são sempre recheados com carne, mas *vareniki* pode ter todos os tipos de recheios, e meu favorito é cogumelos.

— Ele começa a amassar a massa com suas mãos fortes, o que, por algum motivo estranho, deixa meus peitos extremamente ciumentos.

Observando tudo isso do meu ombro, Wolfgang gorjeia.

— Ele quer saber se os vários recheios para *vareniki* incluem queijo — digo com um sorriso.

— Na verdade, sim — Michael diz — Uma das variedades doces é recheada com queijo de fazendeiro e açúcar. Não tenho certeza se um rato gostaria deles.

Eu olho para Wolfgang, cujos olhos estão arregalados.

Meine Liebe, contanto que esteja cheio de algum tipo de queijo, eu comeria qualquer coisa, até mesmo um projétil.

— Esta é minha parte favorita. — Michael pega um rolo de massa, polvilha farinha sobre a mesa e começa a esticar a massa, seus antebraços nus, peludos e musculosos me deixando louca no processo.

— Aqui. — Ele me entrega um copo e pega um para si. — Carimbe círculos comigo. — Ele me mostra como, e eu ajudo enquanto meu coração martela no peito sem nenhuma razão óbvia.

— Agora, pegue os cogumelos e coloque-os no centro de cada círculo — ele diz, demonstrando.

Uma parte de mim percebe que suas palavras e ações não são sensuais, mas o resto de mim reage como se a palavra "cogumelo" fosse um eufemismo para seu pau e "centro" para minha boceta.

— Sim — ele diz com aprovação quando penetro a massa com os fungos —, assim mesmo.

Merda. Eu nunca soube que cozinhar poderia deixar você tão faminto... por um pau. Mas aqui estamos.

— Agora, fazemos meias-luas — Michael diz, cortando minha névoa de tesão. Ele dobra um dos círculos que fizemos e então junta as bordas com os dedos. E sou só eu ou essas bordas parecem suspeitamente lábios de boceta?

De qualquer forma, eu colo uma dúzia de bolinhos sem subir em Michael como uma árvore.

Ele então ferve água, joga os bolinhos e espera até

que flutuem para o topo, o que significa que estão prontos.

— Agora, os comemos com creme de leite. — Ele enche dois pratos e me entrega um, junto com um garfo.

Quando mordo um pedaço do bolinho, o sabor saboroso explode na minha boca, me fazendo gemer de prazer.

— Uau — digo depois de engolir. — Essa foi a melhor coisa que eu tive na boca em muito tempo.

Michael arqueia uma sobrancelha e eu coro quando percebo o quão sujas minhas palavras soaram.

— Então, você não é fã da Flórida — digo, desesperada para mudar de assunto. — Do que mais você não gosta?

Ele inclina a cabeça. — Quanto tempo temos?

— A lista é *tão* longa assim?

Ele coça a cabeça. — Não gosto quando as pessoas são estúpidas. Não gosto quando alguém me mostra fotos das férias. Odeio quando...

Como prometido, a lista continua por um tempo, e isso me deixa cada vez mais ansiosa com a perspectiva de Michael conhecer minha família. Quer dizer, "ser estúpido" é aberto a interpretações, mas tenho certeza de que alguém, provavelmente meu irmão mais velho, se encaixará em qualquer definição que Michael tenha. Alguém também pode...

— Ah, e a última — diz Michael —, quero assassinar qualquer um que corte as unhas da mão no metrô.

— Tem certeza de que é só isso? — pergunto sarcasticamente.

— Bem, acho que as unhas dos pés também — diz ele com uma cara séria.

Reviro os olhos. — Isso realmente aconteceu?

Ele concorda. — Brooklyn. Linha R. Uma mulher cortou as unhas dos pés e depois deixou o vagão do metrô fedido a esmalte.

Uau. — OK, podemos concordar com isso. Eu também não gostaria. — E acho que é o lado bom o fato de não termos metrô aqui na Flórida.

— Foi nojento. — Agora que seu prato está limpo, Michael abaixa o garfo. — E me desculpe por ter falado sobre isso na mesa.

— Ah, meu apetite não foi afetado. — Por comida e por uma certa pessoa, apesar de quão longa seja sua lista de "não gosto".

Antes que ele possa ler o último no meu rosto, encho minha boca com meu último bolinho e faço o meu melhor para não gemer enquanto mastigo.

Devo estar mastigando de um jeito estranho ou algo assim porque Michael observa minha boca muito atentamente, como se estivesse tentando ler meus lábios em busca de alguma mensagem oculta.

— O que você gostaria de fazer depois do jantar? — ele finalmente pergunta.

Dou de ombros. — Assistir um pouco de Netflix? — E então, dedos cruzados, relaxar?

— Boa ideia. — Ele pega o telefone e procura algo.

— Que tal o antigo *Esquadrão Suicida*? Gostamos do mais novo, então...

— Claro. Quão ruim pode ser?

Acontece que a resposta é "muito". E, ainda assim, não consigo me importar porque estou sentada no sofá ao lado de Michael, e o calor do corpo dele derrete algo nas minhas regiões inferiores, me excitando tanto que nem mesmo um Coringa estranhamente de dentes prateados estragaria tudo.

À medida que a ação na tela aumenta, Michael envolve seu braço em volta de mim – o que imediatamente adiciona pelo menos duas estrelas à minha hipotética análise do filme. Um pouco mais a fundo, Michael me puxa para perto dele, me fazendo perceber duas coisas: estamos oficialmente nos aconchegando e, consequentemente, este filme merece um Oscar.

Flutuo em uma nuvem feliz até os créditos começarem a rolar, momento em que encaro Michael e o pego examinando meus lábios... de novo.

Umedeço os lábios. — Você gostou?

Sua resposta é esmagar sua boca contra a minha.

Oh, meu Deus. O beijo é faminto, apaixonado e nada do que eu esperaria de alguém que me ofereceu o quarto de hóspedes para dormir.

Um pequeno gemido de prazer escapa dos meus lábios e é prontamente engolido pelos dele.

Em um piscar de olhos, estamos nos beijando enquanto estamos de pé e puxando as roupas um do outro. Em dois piscares de olhos, uma trilha dessas roupas leva até o quarto de Michael, onde ele me deita nos lençóis e devora minha boceta como um homem possuído.

— Quero fazer você gozar mais cem vezes — ele rosna quando estou zumbindo de um brilho pós-orgasmo. — Talvez mil.

Consigo abrir meus olhos. — Isso é bem ambicioso, até para você.

Ele me cala com um beijo e continua trabalhando em seu objetivo elevado até eu perder a conta de quantas vezes gozo.

———

Na manhã seguinte, acordo com o som de grunhidos próximos.

Huh. Por que estou ouvindo barulhos sensuais que não me envolvem? Michael está se masturbando depois da maratona de sexo de ontem?

Não.

Impossível.

Sento-me e vejo que ele não está afogando nenhum ganso. Em vez disso, ele está fazendo flexões ao lado da cama, o que é uma coisa ainda mais estranha de se fazer logo de manhã.

E eu mencionei que ele está nu? Com músculos brilhantes e gotas de suor escorrendo pela pele esticada.

E aquela bunda.

Nem me faça começar a falar daquela bunda.

De repente, o que parecia uma ideia maluca há pouco – se masturbar logo de manhã – parece uma maneira muito razoável e prática de começar o dia.

Sem querer, exalo um suspiro atormentado.

Michael para o exercício e se levanta de um salto. — Bom dia — ele diz, respirando tão uniformemente como se tivesse feito um passeio tranquilo. — Eu te acordei?

— Não. — A menos que um despertar sexual conte. — O que você está fazendo?

Ele caminha até o batente da porta e agarra uma barra presa ali, uma que eu não tinha notado antes.

— Treino. — Ele puxa seu corpo enorme para cima com suas costas nuas para mim, e cada músculo dele pulsa com tensão... ou talvez seja minha boceta projetando um pouco. — Exercitar-se durante o jejum melhora a utilização de gordura e cria resistência.

— Gordura? — Ele não tem nada disso em seu corpo definido. — Resistência? — É assim que ele consegue me foder tanto?

— Também me acorda muito mais rápido — ele diz enquanto se levanta pela vigésima vez.

— Eu te concedo isso. — Seu treino com certeza *me* acordou bem rápido.

Ele solta a barra, se vira para mim e me choca com a visão de seu pau meio mastro – provavelmente por causa do exercício. — Você quer tentar isso?

O pau? Não. Ele está gesticulando para a barra.

— Você está brincando, certo? — Eu nunca percebi

que manter contato visual é tão difícil quando o pau de um homem está para fora.

— Não se preocupe — diz Michael —, eu te ajudo.

Eu balanço minha cabeça. — Preciso escovar meus dentes primeiro.

— Ah, claro. Eu também faço isso antes de malhar. Acho o sabor mentolado da pasta de dente excitante o suficiente para me preparar para o exercício.

E acho que seus exercícios são excitantes, o que eu acho que é o ciclo da vida.

Pegando meu sutiã e calcinha, corro para o banheiro, coloco-os e depois faço minhas necessidades.

Quando saio, Michael está no chão novamente, fazendo algo para seu abdômen definido. Suas pernas estão no ar, pau e bolas ainda para fora, e ele está se contorcendo de um lado para o outro enquanto segura um haltere.

— Como isso se chama? — pergunto sem fôlego. Ei, uma pergunta é melhor do que me ajoelhar e colocar esse pau na minha boca, ou lamber essas bolas, tudo isso é o que eu realmente quero fazer.

— Torções russas — ele diz, novamente nem um pouco sem fôlego.

Eu sorrio. — Acho que você pode simplesmente chamá-las de torções.

Ele pula de pé, balançando o pau. — Com qual você quer começar, flexão ou barra fixa?

Essas são as únicas duas opções? — Acho que não consigo fazer nenhuma das duas.

— Sim, você consegue. — Ele me explica como

fazer uma flexão assistida, com os joelhos no chão, e eu me surpreendo quando consigo fazer algumas.

— Viu? — ele diz — Você é mais forte do que pensava.

Dou de ombros, minha respiração decididamente irregular. — Isso ainda não significa que eu consigo fazer a barra.

— Você consegue, se eu te ajudar.

Olho para a barra com ceticismo. — Como isso vai funcionar?

Quando ele explica, de repente eu quero me suspender, e muito.

Aparentemente, para ajudar alguém a fazer a barra, você segura as pernas dele de uma maneira que soa muito sensual, e quando Michael faz isso comigo, eu canalizo a onda de luxúria para os músculos dos meus braços e costas, o que me permite fazer o impossível: me levantar cinco vezes.

— Viu? — ele diz quando estou ofegante depois — Eu sabia que você conseguia.

— Sim. — Mordo meu lábio. — Acho que mereço uma recompensa.

Seus olhos ficam semicerrados, e seu pau endurece instantaneamente. — O que você tinha em mente?

— Eu quero que você me foda enquanto jejuo — digo roucamente — Ouvi dizer que tem todos os tipos de benefícios.

Ele está em cima de mim em um salto, e então estamos na cama, com Michael finalmente sem fôlego enquanto ele bate em mim, repetidamente.

— Uau — digo quando finalmente recupero *meu* fôlego depois — A última foi tão boa que pensei que ia desmaiar.

— Você pode estar se sentindo fraca de fome — ele diz com uma careta — Fique aqui. Vou lhe trazer um café da manhã.

Café da manhã na cama? — Claro — Especialmente porque acho que não consigo me mover.

Ele volta com uma bandeja que tem duas xícaras de chá, duas tigelas de mingau de trigo sarraceno e frutas vermelhas suficientes para administrar uma lanchonete de smoothies por um ano.

— Obrigada. — Eu mergulho minha colher na tigela e provo o café da manhã. — Huh. Isso combina bem com um treino. — Isso tem um gosto saudável e não como algo que eu gostaria de comer regularmente.

Michael se deita na cama ao meu lado, melhorando consideravelmente a refeição.

Eu não pensei que nós dois tomaríamos café da manhã na cama hoje. Não é algo que eu já tenha feito com um homem antes, mas eu adoro, e não só porque ficar relaxando é o oposto de flexões. Na verdade, eu me sinto tão incrível que uma pontada de pavor invade meus pensamentos quando lembro que estamos planejando encontrar minha família nesta sexta-feira – o que pode ser o fim do que quer que esteja acontecendo entre nós.

O que seria uma pena.

— Isso é legal — Michael diz, adicionando "psíquico" à sua infinidade de dons.

— Por que isso soou como se você quisesse dizer 'legal, mas...'? — Eu tomo um gole do chá, achando-o delicioso.

— *Mas* temos que ir trabalhar.

Oh. — Certo. Você tem treino. — E eu também, mesmo que o meu envolva treinar jogar tortas na cara das pessoas.

Com grande relutância, saímos da cama, nos vestimos, alimentamos meus ratos, permitimos que Wolfgang suba no meu ombro e fazemos o curto passeio.

Enquanto caminhamos juntos do estacionamento, Michael agarra minha mão – o que causa um frenesi com o pessoal da mídia que está nos esperando na entrada da arena. Um frenesi que combina com os saltos que um bando de borboletas excitadas está fazendo no meu estômago.

— Vejo você no gelo — ele murmura e me dá um beijo quando chegamos ao vestiário.

— Procurem um quarto — diz Dante, que por acaso está passando.

— Que tal um caixão? — Michael rosna de volta.

Dante pisca. — Por que vocês pegariam um caixão?

Michael olha para ele. — É sua bunda de vampiro que vai precisar de um caixão para dormir se você não calar a boca.

Murmurando algo sobre isso ainda não fazer sentido, Dante entra no vestiário enquanto Michael me dá outro beijo antes de seguir seu talvez-amigo.

Quando chego ao meu vestiário, vejo o novo traje,

então o visto e olho no espelho para entrar no personagem. — Rugir. O Sr. Bloom está com tesão e com fome. Ele quer mel de manuka em todos os grandes jarros de seu Pupuzinho para que ele possa lamber com seu pau gigante e peludo.

Wolfgang estreita os olhos para mim no espelho, como se achasse que não foi meu melhor esforço.

— Isso é mais difícil de fazer agora que não me refiro a mim mesmo como Homem-urso — explico — Simplesmente não pareceria certo, sabendo que Michael não gostaria.

Meine Liebe, você pode fazer o que quiser e depois suavizar as coisas com uma dose de queijo fondue.

———

Depois que o treinamento acaba, Michael leva Wolfgang e eu para almoçar, onde ele tem que dar uma gorjeta extra aos garçons para fazer vista grossa para o rato em nossa mesa. Quando voltamos para a casa de Michael, nós dois pegamos nossos laptops – com Michael trabalhando em algo para sua fundação e eu procurando uma oportunidade de me apresentar com meus ratos.

— Você quer pedir comida ou devo fazer alguma coisa? — Michael pergunta na hora em que meus olhos ficam cansados de olhar para a tela.

— O que você preferir — digo a ele. Quer dizer, eu amei a comida dele, mas não quero impor... mais do que já impus.

— Eu farei minha própria versão de *solyanka* — ele diz —, que é um tipo de sopa que é substanciosa o suficiente para ser uma refeição completa.

— Parece ótimo. Enquanto isso, vou passar um tempo de qualidade com meus ratos.

Vou até o quarto deles. Os ratos estão animados ao verem Wolfgang e eu, pelo menos se eu levar em conta como eles voam ansiosamente por todo o lugar e como eles pulam felizes.

Dou lanches para todos. Lenin pede o segundo e, depois, o terceiro.

Tovarisch, a corrupção do proletarirrato agora está completa. A próxima coisa que você sabe é que estarei desejando McNuggets, investindo no mercado de ações capitalista e assistindo As Kardashians.

— Ei — Michael diz, entrando no quarto. — O jantar está pronto.

Sigo-o até a cozinha, onde provo sua *solyanka* – que me lembra vagamente um ensopado, mas com picles e azeitonas, um perfil de sabor que combina com os outros ingredientes para criar um resultado surpreendentemente delicioso.

— Que filme devemos assistir hoje? — Michael pergunta enquanto terminamos de comer.

Dou de ombros. — Que tal você escolher?

Sinceramente, não me importo, desde que façamos depois o que fizemos ontem à noite.

— Que tal *Tico e Teco: Defensores da Lei?* — ele pergunta.

— Por quê? — É estranhamente nada sexy. Ele está tentando evitar o que aconteceu ontem à noite?

— Achei que você gostaria — ele diz — Tem ratos.

— Não, não tem. Eles são esquilos. Uma espécie completamente diferente — E nem de longe tão fofos.

— OK, podemos assistir outra coisa. Talvez algo com espiões russos?

— Não, *Tico e Teco* está bom. — Um filme com espiões russos sem dúvida terá uma protagonista feminina gostosa à la Scarlett Johansson, e isso me deixará com ciúmes demais para me divertir.

Nós nos aconchegamos um com o outro no sofá, e isso me deixa tão excitada que você pensaria que o filme tinha Chippendales, o clube de striptease, em vez de roedores detetives.

Quando os créditos rolam, Michael limpa a garganta. — Isso foi surpreendentemente bom. Certo?

Assentindo, eu me viro para ele. — Eu *realmente* me diverti.

— Você acha que sim — Seus olhos negros brilham. —, mas, na realidade, sua diversão está apenas começando. — Com isso, ele me pega, me carrega para seu quarto e me fode tão apropriada e completamente que eu poderia muito bem admitir.

Estou completa e totalmente arruinada para outros homens.

———

Os dias que se seguem são alegremente semelhantes. Acordo com um Michael nu se exercitando, junto-me a ele, tenho uma dúzia de orgasmos, vou trabalhar, desfruto de uma refeição caseira e um filme, e então mais orgasmos se seguem. O único aspecto negativo é que, com o passar do tempo, temo cada vez mais que ele conheça minha família. Também temo ilogicamente a resolução da minha situação do perseguidor, pois isso pode acabar com essa coexistência feliz.

— Sabe, não precisamos encontrar minha família hoje à noite — digo a Michael enquanto dirigimos para casa do trabalho na sexta-feira. — Estou com desejo de *vareniki*, e minha mãe não sabe como fazê-los.

Ele franze a testa. — Você não disse aos seus pais para nos esperarem?

— Claro, mas...

— Sem mas — ele diz severamente — Você disse a eles que eu estaria lá, e não vou ofendê-los desistindo.

— Ah, eles vão ter certeza de que é minha culpa — digo.

Ele para em uma floricultura. — Não posso correr riscos.

Com um suspiro, pergunto a ele por que estamos comprando flores.

— Para seus pais, é claro — ele diz — Também vou comprar uma caixa de doces.

— Ah?

Meu palpite é que o doce é simbólico. Parafraseando levemente Forrest Gump, a vida perto de Michael é como uma caixa de chocolates.

Você nunca sabe quantos orgasmos vai ter.

CAPÍTULO 22
MICHAEL

á. — Calliope gesticula para o estacionamento do circo.

Então, ela estava falando sério. A família dela realmente mora no circo.

Assim que estacionamos, pego a caixa de doces e o buquê de flores do porta-malas enquanto Calliope suspira novamente.

— Eu disse que você não precisava trazer nada — ela diz pela enésima vez.

— E eu disse a você, russos não podem ir jantar de mãos vazias. — E ninguém deveria.

Ela me leva pela área do palco e, entre todas as esquisitices, a que chama minha atenção é uma velha andando na corda bamba perto do teto.

— Aquela é minha avó — explica Calliope.

Procuro uma rede sob a corda e não encontro nenhuma. — Ela tem algum tipo de cinto de segurança prendendo-a ao teto?

Porque eu também não consigo ver nenhum.

Calliope suspira pesadamente. — Ela diz que não precisa dessas bobagens agora que tem oitenta anos.

Aponto para as pessoas praticando logo abaixo, em quem a avó cairia se desse um passo em falso: um cara engolindo uma espada, um cuspidor de fogo e um mímico. — E eles? Todos parecem jovens demais para morrerem com a queda dela, ou para ficarem traumatizados por...

— Você está pregando para convertidos — diz Calliope —, e se você encontrar uma maneira de convencer minha avó a tomar precauções de segurança, o resto da família lhe dará uma medalha.

— Ei, prima! — grita a mímica com um grande sorriso — Esse é seu novo namorado?

Calliope faz barulho de desaprovação. — Você está fantasiada. Tem permissão para falar?

A mímica tira a luva direita. — Pronto. Por favor, não conte a ninguém que eu saí do personagem.

Calliope bufa. — Eu tenho OMM na discagem rápida, então...

A mímica empalidece. — Sério. Eu não...

— Se você conseguir reunir todos aqui na mesa de jantar, eu nunca contarei a ninguém — diz Calliope.

— Então — digo quando estamos fora do alcance da mímica neurótica. — Você não é apenas má comigo.

Calliope olha para mim. — Eu fui má? A última coisa que eu quero é que ela me dê o tratamento do silêncio de novo.

Estreito meus olhos. — Isso foi uma piada de mímica?

Ela concorda.

— E o que é OMM? — Não consigo deixar de perguntar — Outra piada? Parece algum tipo de máfia da mímica.

— Organização Mundial dos Mímicos — ela responde — Mas, ei, máfia dos mímicos parece um horror indizível.

Eu bufo.

— Eles usam armas com silenciadores — ela diz e continua fazendo piadas relacionadas a mímicos enquanto caminhamos até um corredor com um monte de portas.

— Essa. — Calliope gesticula para o número dez — Foi onde eu morei até recentemente.

Ela bate.

Ninguém responde, embora eu possa ouvir risadas barulhentas e conversas altas acontecendo lá dentro.

— Típico. — Calliope pega uma chave e abre a porta.

Os sons ficam mais altos, e entramos, terminando em uma cozinha. A primeira pessoa que noto é uma mulher mais velha que se parece tanto com Calliope que é fácil adivinhar que esta é sua mãe. Ela está sentada em uma rachadura, uma faca de corte na mão e uma tábua de corte no chão ao lado dela. Um homem parado perto dela está fazendo malabarismo com vegetais. O pai de Calliope?

— Aromáticos — diz a mulher.

O malabarista habilmente joga uma cebola no ar de tal forma que ela caia diretamente na tábua de corte. Então, ele faz o mesmo com um dente de alho.

— Obrigada, querido — diz a mulher e começa a cortar sem sair da fenda.

— Oi, mãe. Oi, pai — diz Calliope.

Claramente assustado, seu pai deixa cair um nabo, e sua mãe se levanta de um salto, ambos me examinando com curiosidade descarada.

— Oi — digo, e passo as flores para sua mãe — Isto é para você. — Eu dou os chocolates para seu pai e me amaldiçoo por não ter trazido uma garrafa de vodca também.

— Você deve ser Boo Boo — diz o pai de Calliope.

— Não. Apenas Boo. Singular — Calliope corrige — Certo, Boo?

Eu resmungo afirmativamente.

— Apenas Boo? — Sua mãe franze a testa. — Mas a internet...

— Você quer que eu acredite que eu sou Honey — diz Calliope — quando na verdade, eu sou sua *Pit-Check-Uh*.

— É pronunciado *ptichka*. — Eu sorrio para os pais. — Significa passarinho.

— Aww — diz a mãe — Isso é muito melhor do que 'Honey'.

— Mas só um Boo é um rebaixamento de Boo Boo — O pai entra na conversa. — Embora eu tenha certeza de que você vai inventar um apelido mais carinhoso para ele com o tempo.

— Eu prefiro quando ela me chama de Michael — digo.

— Bem, é um prazer conhecê-lo, Michael — o pai diz — Eu sou Zephyr.

Devo dizer a ele que esse é o nome de uma confeitaria russa muito parecida com merengue?

— E eu sou Xanthe — a mãe diz.

— É um prazer — respondo. Num impulso, pego sua mão e dou um beijo leve.

Xanthe suspira, agarra a filha pelo ombro e sussurra alto: — É melhor você se casar com esse. Poderíamos usar um Klaunbut com boas maneiras.

— Ele não seria um Klaunbut — Zephyr diz — Ela seria...

— Mãe, pai, por favor, parem — Calliope diz, suas bochechas queimando — Este é nosso primeiro encontro oficial, então, falar sobre casamento é...

— Olá — diz um cara que parece ter surgido do nada — Sou irmão de Calliope. Tenho certeza de que ela me mencionou.

Na verdade, ela não falou muito sobre sua família, mas não vou contar isso a eles. — Sou Michael — Estendo minha mão.

— Tortellini — o irmão diz, e todos ao redor dele gemem.

Como as coisas redondas parecidas com *pelmeni* italiano?

— Ele na verdade se chama Torey — Calliope diz revirando os olhos.

— Mas Tortellini é meu nome artístico —

Torey/Tortellini aperta minha mão, e quando ele a afasta, uma carta de baralho virada para baixo permanece na minha palma de alguma forma.

— Rápido — Tortellini diz — Que carta você acha que é?

Eu olho para ela. — O Ás de Espadas?

Parecendo triunfante, Tortellini me diz para virar a carta.

Bem, macacos me mordam. *É* o Ás de Espadas. — Então... você é o mágico da família?

Ele franze a testa. — Meu nome não denunciou?

— Não — Mas me deixa com mais fome para jantar.

— Você nunca ouviu falar de Houdini? — ele pergunta — Ou Slydini? Ou Cardini? Ou Cantini?

— Só o primeiro — digo — Sempre que alguém escapa de uma situação difícil no gelo, o Treinador diz que eles 'fizeram um Houdini'.

Tortellini concorda com grande entusiasmo. — Ele deveria usar os outros também. Se alguém for muito sorrateiro com o disco, ele pode dizer que fez um Slydini, e se...

— Que tal você me deixar apresentar Michael a mais pessoas da família — Calliope diz severamente ao irmão e me arrasta para longe antes que haja uma resposta. — Desculpe por Torey — ela sussurra — Mágica para ele é o que ratos são para mim.

Eu aceno para deixar para lá. — Eu respeito a paixão, e parece que há muito disso na sua família.

— Claro. Vamos chamar de paixão — ela diz, parando ao lado de uma porta na qual ela bate.

— Entre! — grita uma voz feminina.

— Você está decente? — Calliope grita de volta.

— Claro. Por que não?

Calliope abre a porta. — Este costumava ser meu quarto. — Ela aponta para o teto. — E essa é minha irmã e antiga colega de quarto.

Eu não deveria estar surpreso com nada neste momento, mas ainda é um choque encontrar a dita irmã pendurada de cabeça para baixo, como um morcego.

— Eu sou Seraphina — Ela me estende a mão, e eu a aperto, um gesto surpreendentemente desorientador quando a outra pessoa está nessa posição.

— Eu sou Michael.

— Eu sei — Seraphina balança as sobrancelhas. — Calliope me contou tudo sobre o tempo de *coali-dade* que vocês passaram juntos.

Eu pisco. — Coali-dade?

Calliope geme. — Seraphina não sabe o quanto você odeia piadas relacionadas a ursos, então, essa foi uma tentativa, eu acho.

— Eu já usei todas as melhores — Seraphina diz com um beicinho — Agora, estou raspando o fundo do *panda-mônio.*

— E essa é a nossa deixa para ir embora — Calliope diz severamente e me arrasta para fora do quarto — Desculpe por ela — ela diz — Ela não sabia sobre sua coisa.

Eu dou de ombros. — Quando os trocadilhos são *tão* ruins, eu não me sinto ofendido. Na verdade, eu tenho pena do trocadilho. — Especialmente se ele for um cara, porque eu ainda daria um soco nele, por princípio.

— Tudo bem — Calliope diz — Deixe-me apresentá-lo a mais algumas pessoas.

"Algumas" acaba sendo um eufemismo. Eu conheço tantos Klaunbuts que mal lembro seus nomes, e até mesmo suas especialidades circenses começam a se confundir.

— O jantar está pronto! — chama Xanthe.

Calliope me leva até a cafeteria do circo, onde alguém juntou todas as mesas em um arranjo gigante e circular.

— Sente-se ao nosso lado — os pais de Calliope dizem a ela — Queremos conhecer Michael, e não vemos você há uma eternidade.

Então nos sentamos perto deles, e eles me bombardeiam com perguntas sobre hóquei e crescer na Rússia até que eu direciono a conversa de volta para a família deles e, por extensão, o circo.

Acontece que é um negócio de família há gerações. Em um ponto no tempo, eles eram circenses, com tudo o que isso implicava. Por exemplo, uma bisavó de Calliope era uma mulher barbada que era casada com as duas metades de gêmeos siameses. Os ditos maridos compartilhavam um tronco e, portanto, um pênis, mas tinham cabeças e personalidades separadas.

Minha cabeça gira só de imaginar isso.

Eventualmente, o foco muda de mim para suas brincadeiras e brigas familiares regulares, me dando a chance de simplesmente comer e observar o clã Klaunbut. Enquanto isso, não consigo deixar de sentir uma dor no peito, junto com algo desconfortavelmente parecido com autopiedade tingida de inveja. Não tenho certeza se essas pessoas percebem o quão sortudas elas são. Como um órfão que está praticamente sozinho neste mundo, isso aqui é minha ideia de paraíso, e eu daria qualquer coisa para...

Calliope agarra meu antebraço. — Sinto muito por ter te arrastado até aqui. Posso dizer que você está passando por um momento horrível.

Porra. Ela interpretou mal minha expressão. — Isso não é verdade — digo a ela — Está tudo bem.

Ela aumenta seu aperto. — É Voldemort, não é?

— Quem?

Ela gesticula para uma mulher com uma cobra em volta do pescoço. — Essa é minha tia, Azalea, mas alguns de nós a chamamos de Voldemort por causa da cobra com quem ela sempre anda. O nome da cobra é Nancy, a propósito, mas deveria ser Nagini.

Eu bufo. — Uma pessoa com um rato no ombro realmente deveria atirar pedras?

— Bem, se você não se incomoda com Voldemort, então, o que há de errado? É minha irmã mais nova? — Ela gesticula para uma jovem que se parece muito com ela, exceto pelo fato de que ela está comendo enquanto está torcida em um formato de pretzel que não parece benéfico para a digestão. — Eu continuo dizendo a ela que essa merda de contorcionista é assustadora como filme de terror.

Não tenho ideia de como explicar os anseios que sua grande família me faz sentir, então, quando meu telefone toca com um e-mail, fico grato por um momento de alívio. Quando vejo do que se trata o e-mail, meu corpo inteiro entra em alerta total.

O remetente é a gerente do hotel, e ela finalmente apareceu com as imagens do vídeo de segurança que eu estava esperando. As imagens que me dirão quem é o perseguidor de Calliope.

Agora, eu sei que provavelmente não deveria exibir esse vídeo aqui na mesa de jantar, mas não consigo me conter. Meu dedo clica nele, e eu observo atentamente, a princípio incapaz de processar o que estou vendo.

Quando o faço, minhas mãos se fecham em punhos apertados e uma raiva diferente de qualquer outra que já senti corre pelo meu sangue.

Eu nunca pensei por um segundo que o perseguidor seria alguém que eu conhecia. Mas é – e o filho da puta ainda não sabe, mas ele é um homem morto.

CAPÍTULO 23
CALLIOPE

A batata-doce na minha boca se transforma em amendoim de embalagem enquanto vejo a expressão de Michael ficar estranha. E então ele se levanta de um salto. — Eu tenho que ir.

Que diabos? Quer dizer, eu sei que ele não está se divertindo – aquelas expressões faciais estranhas deixaram isso claro – mas por que ele está tão bravo?

Porque é isso que ele parece estar. Bravo. Tanto que, quando ele sai pisando duro do refeitório, suas mãos estão fechadas em punhos e seu maxilar estala. Se ele der um soco em um Klaunbut aleatório ao sair, não ficarei nem um pouco surpresa.

— Está tudo bem? — pergunta mamãe com uma expressão preocupada quando Michael sai.

— Parece que as coisas estão bem? — retruco.

Mamãe dá de ombros. — Não o conheço tão bem quanto você.

Meu peito dói e uma pressão está aumentando atrás

dos meus olhos. — Não tenho certeza se o conheço tão bem assim. — No fundo, uma parte de mim estava convencida de que ele gostaria da minha família e que viveríamos felizes para sempre.

Que idiota.

Obviamente estou amaldiçoada a perder namorados assim que os apresento a esse circo literal. Também fui estúpida em pensar que isso doeria menos porque o fiz conhecer todo mundo bem no começo do nosso relacionamento. Imaginei que seria como arrancar um Band-Aid, no pior dos casos, mas isso parece mais como arrancar um dedo.

Seraphina se joga na cadeira que Michael deixou. — O que aconteceu?

— Não sei. — Não exatamente. O gatilho para ele ir embora pode ter sido tantos comportamentos estranhos ao nosso redor que é de se admirar que ele tenha durado tanto tempo.

— Você acha que isso é como a sua situação de babaca de ex? — ela sussurra.

— O que mais? — Mesmo pessoas tão rabugentas quanto Michael não vão embora no meio do jantar sem motivo, e neste caso, o motivo é óbvio.

— Bem, foda-se ele — diz Seraphina.

Sim. Eu o fiz. Aparentemente inúmeras vezes.

— É melhor você se livrar dele agora — ela continua —, antes que você se apegue demais.

Sim, exceto que é tarde demais para isso.

Eu coloco meu garfo na mesa. — Desculpe, pessoal. Acho melhor eu ir.

— Sim — diz papai — Inteligente. Vá atrás do seu Boo.

Meu. Claro.

Levantando-me, eu saio, e embora eu não tenha tido apenas um caso de uma noite ou algo parecido, o termo "caminhada da vergonha" é perfeito para minha situação atual. Todo mundo viu Michael sair furioso, e agora eles estão olhando para mim com expressões que variam de julgamento a pena.

Quando estou do lado de fora, a pressão atrás dos meus olhos fica mais forte, especialmente quando percebo que não tenho carona de volta.

Meu nariz funga.

Não.

Eu não vou chorar.

Dane-se.

Pegando meu telefone, chamo um Uber. Estou prestes a colocá-lo de volta na bolsa quando toca.

Meu coração salta dentro do peito. Poderia ser Michael ligando para se desculpar? Por outro lado, é mais provável que ele me peça para tirar minhas coisas da casa dele.

Mas não é Michael. O número é um código de área 212, que acredito ser Nova York.

— Alô? — Limpo a garganta para ter certeza de que o que eu disser em seguida não soe tão miserável quanto a primeira saudação. — Calliope falando.

— Boa noite, Calliope. Aqui é Maximilian Bowman — diz uma voz estrondosa.

Maximilian Bowman? Eu forço meu cérebro até

lembrar que ele é o marido de Sugar, a mulher que foi a primeira a pedir meu cartão de visita na arrecadação de fundos de Michael, e que ganhou um guardanapo com alguns rabiscos em vez disso.

— Oi — digo — Nós nos conhecemos na arrecadação de fundos, certo?

— Correto — Maximilian, ou seria o Sr. Bowman?, diz: — Eu estava pensando sobre aquele seu show de ratos extraordinários, e quando uma vaga abriu no meu teatro, eu...

— Você é dono de um teatro? — Eu deixo escapar, e então quero me bater por interromper o homem.

— Desculpe-me — ele diz — Eu imaginei que meu nome falasse por si. Eu não sou dono direto do The Jewel, mas sou o maior acionista e...

The Jewel? Esse é um dos maiores...

— É um bom momento para conversar? — ele pergunta — Talvez por vídeo?

Merda. Eu preciso me concentrar. — Sim, Sr. Bowman. Contanto que você não se importe que eu esteja prestes a entrar em um Uber.

— Eu não me importo, e por favor, me chame de Max. Vou te mandar um link do Zoom por mensagem. Seremos eu e algumas outras partes envolvidas.

O link vem imediatamente, assim como minha carona.

Assim que estou no Uber, entro na ligação, que acaba sendo uma entrevista. E apesar do que aconteceu com Michael antes, consigo responder a todas as perguntas com calma, descrever o show que eu criaria sem hesitações e, no geral, projetar um profissionalismo e confiança que eu nem remotamente sinto.

— Isso tudo parece bom — diz Max, falando por todo o grupo. — Agora, vamos falar sobre sua compensação. — Ele me joga um número que é o triplo do que eu ganho atualmente, mesmo com os incentivos para fingir estar namorando Michael.

Incapaz de acreditar que estou realmente fazendo isso, eu respondo com um número que é quinze por cento maior, e Max concorda.

— Nesse caso, eu aceito o trabalho — digo alegremente.

Eu teria aceitado mesmo com um corte de salário, mas estou feliz que eles não saibam disso.

— Perfeito — diz Max — Você pode começar amanhã?

— Amanhã? — Engulo em seco quando a enormidade do que está acontecendo finalmente atinge a parte reptiliana do meu cérebro, e talvez esteja me fazendo ouvir coisas.

— Eu sei que é sábado — diz ele —, mas o teatro está aberto.

— Mas... amanhã?

— Certo. Desculpe, esqueci de mencionar a urgência. A razão pela qual temos uma vaga agora é porque outro teatro roubou um de nossos artistas. Minha esposa me lembrou de você, e você foi a primeira pessoa para quem liguei.

A primeira pessoa... mas ele tem mais na lista? —

Tenho que dar um aviso prévio de duas semanas ao meu empregador atual. — Pelo menos presumo que seja isso que eles gostariam. Eles nunca discutiram isso comigo, apenas o fato de que me demitiriam na hora se o velho mascote, Ted, reaparecesse. Falando em Ted, ele simplesmente parou de aparecer para trabalhar um dia, e o time estava bem. Mas, novamente, Ted não estava fingindo estar namorando um dos jogadores.

Merda. Obviamente não posso *fingir* que estou namorando Michael agora que realmente começamos a namorar. E acabamos de implodir. Com isso em mente, duas semanas esbarrando nele parece uma tortura. Mas, ainda assim...

— Você é uma mascote — diz Max — Seu rosto não é visto. O time pode substituí-la num piscar de olhos.

Maldoso, mas verdade. Eles me contrataram no dia seguinte depois que decidiram preencher a vaga de Ted, e eu era um dos vinte candidatos.

— Mas... amanhã? — Eu nem terei a chance de ver minha família antes de ir, ou...

— Veja isso da nossa perspectiva — diz Max —, mesmo que você chegue amanhã, precisará ensaiar e se preparar, então, já estaremos perdendo algumas semanas de ganhos.

Mais como um mês ou mais se formos realistas, mas não falo sobre isso porque não quero perder essa oportunidade.

— Só para esclarecer, você está dizendo que não vai esperar? — pergunto.

Parece loucura, mas, por outro lado, a pressa

resolve uma questão que não ousei me perguntar: onde devo ficar esta noite?

Não pode ser a casa de Michael. Não depois de...

— Desculpe por te pressionar assim — diz Max — Cobriremos todas as suas despesas de viagem, incluindo uma passagem aérea para esta noite e um quarto de hotel perto do aeroporto. Então, você pode ficar no...

Ele entra em mais detalhes, mas eu só escuto pela metade.

Sempre pensei que quando conseguisse o emprego dos meus sonhos, ficaria muito feliz, mas, infelizmente, não é assim que estou me sentindo.

Em vez disso, estou entorpecida. A gangorra de perder Michael, seguida por esta entrevista, é demais para processar em tão pouco tempo.

— Como tudo isso soa? — Max pergunta, me trazendo de volta à conversa.

— Ótimo — respondo, imbuindo minha voz com a alegria que estaria lá se tudo não tivesse ficado tão bagunçado. — Vejo você amanhã.

Com isso, desligo e encaro Wolfgang. — Você acredita? Nós vamos ter nosso show, afinal.

Ele esfrega as patas no rosto.

Meine Liebe, meu nome artístico pode ser Das Queijo?

CAPÍTULO 24
MICHAEL

Um Ford Mustang Shelby GT500 pode atingir 180 milhas por hora – uma velocidade que atingi pelo menos algumas vezes na minha pressa para chegar à casa do perseguidor.

Um perseguidor que acabou sendo meu maldito companheiro de equipe, dentre todas as pessoas.

Pneus queimando enquanto paro bruscamente na frente de sua casa, pulo do carro e bato meu punho na porta.

— Quem é? — Jack chama do outro lado.

Sim. É o maldito Jack, um fato que eu nunca teria acreditado se não fosse pelas imagens de segurança.

Eu não achei que ele teria culhão de mexer com minha mulher.

Culhão cujas bolas ele está prestes a perder.

— É Michael — respondo o mais calmamente que posso, o que não é muito. — Abra. Agora.

Eu espero que ele perceba por que estou aqui e me

negue a entrada, o que seria bom, porque seria um prazer arrombar a porra da porta dele.

Mas ele abre a porta, e assim que vejo seu rosto, eu planto meu punho nela.

Com um grunhido de dor, Jack cai no chão, e eu levanto uma perna para chutá-lo quando ouço um som abafado de dentro da casa.

Parece alguém gritando: — Socorro!

— Quem é? É a última pessoa que você perseguiu? — pergunto a Jack, mas ele ainda está no chão, gemendo enquanto segura o maxilar.

O pedido de ajuda se repete, e a voz soa vagamente familiar.

— Fique aqui ou você morre — rosno para Jack, então corro para dentro, seguindo a voz.

Demoro alguns minutos para descobrir de onde vem o som: de um quarto trancado nos fundos da casa.

Puxo o cadeado, testando sua força enquanto grito: — Ei! Quem está aí?

— Medvedev, é você? — A voz soa ainda mais familiar agora, embora eu ainda não consiga identificá-la.

— Sim, espere!

O cadeado não cede, então, examino meus arredores até encontrar uma chave na mesa de centro próxima. Agarrando-a, destranco a porta e finalmente reconheço quem jostá falando.

É Ted, o cara que era a mascote antes de Calliope conseguir seu emprego. Ele está com a barba por fazer e sujo, mas é ele mesmo.

Espere um segundo.

A razão pela qual precisávamos de uma nova mascote era porque Ted desapareceu sem deixar vestígios. É aqui que ele estava?

A julgar pela aparência dele, é bem provável.

Mas por quê?

Jack tem alguma obsessão estranha com quem está dentro daquela fantasia de urso? É por isso que ele a destruiu no nosso quarto de hotel?

— O que aconteceu? — pergunto, olhando feio para Ted — Por que o filho da puta te trancou aqui?

Ted examina o quarto, com os olhos arregalados. — Onde ele está?

Oh, merda.

Corro de volta para a porta da frente.

Nada de Jack.

— Caralho — Volto e agarro Ted pelo ombro — Ajude-me a pegar o filho da puta.

Corremos para fora da casa e procuramos por alguns quarteirões, sem sucesso.

— Entre no carro — ordeno a Ted quando voltamos para casa — Vamos dar uma volta procurando por ele.

Ted obedece, e nós circulamos pela vizinhança, mas sem resultados.

Porra. Onde ele poderia estar?

Merda. Ele poderia ter ido atrás de Calliope?

Tudo dentro de mim fica frio.

— Aperte o cinto — rosno para Ted e piso fundo no acelerador, voltando para o circo.

— Aonde você está indo? — Ted suspira enquanto

passamos por um cruzamento após o outro em uma velocidade alucinante.

Meu maxilar flexiona. — Ele pode estar atrás da minha namorada. Ela é a nova mascote.

— Huh — Ted diz estupidamente — Por que ele estaria atrás dela?

— Pelo mesmo motivo distorcido que ele trancou você naquele quarto?

— Ah? — Ted parece confuso. — Ela também gravou um vídeo dele se masturbando para aquele jacaré?

Sua pergunta é tão confusa que eu realmente tenho que diminuir a velocidade do carro. — Do que diabos você está falando?

— É por isso que ele não me deixou sair — Lamenta Ted. — Nós ficamos chapados juntos, e quando ele pensou que eu estava dormindo, ele saiu furtivamente. Eu o segui e o peguei parado perto do lago com o pau para fora. Ele estava olhando para o jacaré enquanto se masturbava e grunhindo coisas como, 'Sim, esses dentes. Essas escamas. Esse rabo gordo e suculento...'

Eu olho para ele incrédulo.

Ele está brincando comigo? Eu entendo que isso é Flórida e tudo, mas qual é?

— Então... você vê um cara se masturbando para um jacaré, e sua primeira reação é gravar um vídeo disso?

— Eu estava chapado, cara. E foi engraçado pra caramba. Mas Jack me viu o filmando. Ele parecia louco, então, eu pulei no meu carro, fui para casa e coloquei a filmagem em um pen drive USB. Mandei uma mensagem para Jack para dizer a ele que se ele viesse atrás de mim, ou se ele me irritasse em geral, eu enviaria o pen drive para a WTVJ. — Ted esfrega o nariz — Na manhã seguinte, ele me nocauteou quando eu estava saindo de casa, e me manteve trancado até eu dizer a ele onde estavam 'todos os drives'. Ele não acreditou que eu só tinha um, escondido debaixo de uma tábua do assoalho na minha casa. Então, eu fiquei preso. Graças a Deus que você veio. Eu estava prestes a enlouquecer.

Porra. De repente, tudo se encaixa. Calliope estava certa quando pensou que alguém tinha entrado furtivamente e olhou debaixo das tábuas do assoalho em sua casa – antigamente de Ted. Era Jack, procurando o único pen drive existente. Mas Jack deve ter pensado – e eu uso esse termo vagamente – que Ted tinha escondido outro pen drive hipotético em seu traje de urso, então ele continuou indo atrás dele, primeiro, no camarim de Calliope, depois, no hotel. Aposto que foi por isso que ele me enganou para empurrá-la na piscina enquanto ela estava usando o traje pela primeira vez – na esperança de que o pen drive fosse danificado. Ou que ela deixasse o traje secando, e assim, sem supervisão.

Que idiota do caralho.

Correção: idiotas, os dois.

— Você pode me fazer um favor? — Ted pergunta queixosamente.

Eu cerro os dentes. — O quê?

— Você pode me levar para o gabinete do xerife?

Estou prestes a dizer a ele: "Porra, não", porque tenho que salvar Calliope, mas então percebo que a história de Ted significa que ela não corre perigo algum com Jack. Ou com qualquer perseguidor.

Ela nunca correu.

Eu deveria estar em êxtase com isso, e estou, principalmente, mas uma parte de mim também está decepcionada. Sem o perigo, não há mais razão para Calliope ficar na minha casa. A menos que...

— Eu realmente quero registrar uma ocorrência — Ted diz suplicante — e obter uma ordem de restrição contra aquele babaca.

Porra. — Tudo bem. Mas você me deve uma, grande.

Se policiais estiverem envolvidos, não terei tanta liberdade para me vingar de Jack, mas, por outro lado, ser preso e ter a história ridícula que Ted acabou de me contar se tornando parte do registro público é uma punição cruel e muito incomum por si só.

Agora consigo ver: "Homem da Flórida se masturba com jacaré e sequestra mascote do time de hóquei."

———

Para meu choque, não há um pingo de alegria no rosto do xerife enquanto Ted conta sua história – como se coisas assim acontecessem aqui o tempo todo.

— Preciso voltar para o meu jantar — digo a todos antes que o xerife pergunte quem eu sou e qual é meu papel em toda essa confusão. A última coisa que quero é me atrasar pelo tempo que Ted levar para registrar um boletim de ocorrência oficial.

— Como vou para casa? — Ted reclama.

Devo dizer a ele que sua "casa" foi dada a outra pessoa?

Não.

— Como essa porra é da minha conta? — pergunto.

— Está tudo bem — diz o xerife — Daremos uma carona para ele.

Tanto faz. Corro para meu carro e volto para o circo, ansioso para contar a Calliope toda a história. Para meu alívio, o jantar ainda está acontecendo, mas Calliope não está em seu assento.

E sua família está me encarando com raiva durante a sobremesa.

Merda. Pela primeira vez, percebo que saí abruptamente, provavelmente os ofendendo.

— O que você está fazendo aqui? — pergunta a irmã trapezista.

Porra. Eu estraguei tudo. — Desculpe, tive que sair para tratar de negócios importantes. Mas estou de volta. Onde está Calliope?

A irmã franze a testa para mim. — Você explicou seus 'negócios importantes' para ela?

Dupla porra. — Eu estava com pressa para resolver o problema que surgiu.

E por "resolver", quero dizer "quebrar alguns ossos".

— Bem, então, você errou feio — ela diz — Minha irmã pensou que você odiou nossa família.

— Odiei sua família? — Olho em volta. — O oposto é o caso.

— O oposto? — Ela arqueia uma sobrancelha. — Isso seria amar os Klaunbuts, e essa é uma espada difícil de engolir, mesmo para o tio Bruin.

— Confie em mim — digo sinceramente — Para alguém cuja família o abandonou, ver o quanto vocês se importam uns com os outros é uma revelação. — E enquanto digo as palavras, percebo que elas são verdadeiras, assim como outra coisa.

Eu não amo apenas a dinâmica familiar dos Klaunbuts. Eu posso realmente amar uma Klaunbut em particular, o que é insano, dado como...

— Então é melhor você ir atrás dela — diz a irmã —, e se apresse.

Caralho.

Ela está certa.

Enquanto corro de volta para o meu carro, ligo para Calliope, mas ela não atende. Também mando uma mensagem de texto para ela, mas não recebo resposta, o que não é um bom sinal.

Entro no meu carro, piso fundo no acelerador mais uma vez e, alguns minutos depois, me aproximo da porta da frente... apenas para pegar Calliope saindo com sua mala e transportadora de ratos.

Algo em meu peito encolhe, como um pneu furado. — Você vai se mudar? Simples assim?

Sei que não deveria ficar surpreso, não depois de todas as outras pessoas que me abandonaram na vida, mas isso é outro nível. Calliope não sabe que a situação do perseguidor não é mais um problema, o que significa que ela prefere estar em perigo do que passar mais um minuto comigo.

— É claro que vou me mudar — ela retruca — Não posso ficar com alguém que odeia...

— Não diga que odeio sua família. Eu nunca disse essa porra.

— Você não precisava. Suas ações falaram por si.

Eu respiro fundo para me acalmar. Talvez se eu explicar direito, ela não me abandone. — Eu não fui embora porque odiava sua família. Eu fui embora porque descobri quem é o perseguidor, e é alguém que eu conheço. Fiquei muito bravo e corri para lidar com ele. Em retrospecto, eu deveria ter te contado, mas...

— Você descobriu quem é o perseguidor? — Seus olhos estão arregalados.

Eu fecho e abro meu punho, arrependido de ter dado um soco nele apenas uma vez. — Sim. É Jack.

Ela pisca para mim. — Canguru Jack?

— Canguru? — Agora que ela menciona, Jack parece vagamente um. — Sim. Aquele Jack. Acontece que ele não estava atrás de você. Ele estava atrás de um pen drive que tem uma gravação dele se masturbando com um jacaré.

Seus olhos se estreitam. — Você acha que é uma boa hora para uma piada?

— Não estou brincando — digo entredentes — Ted, que Jack sequestrou, escondeu o pen drive no apartamento dele, que então se tornou seu apartamento, daí as tábuas do assoalho movidas.

Nesse ponto, seus olhos são meras fendas. — Você espera que eu acredite nessa besteira?

— Por que diabos eu inventaria isso? — Respirando fundo para me acalmar, acrescento: — Ted está registrando um boletim de ocorrência. Eles são registros públicos na Flórida. Você pode verificar.

Ela aperta sua mala com mais força. — Tudo bem. Se essa insanidade for verdade, não tenho motivo para ficar aqui, de qualquer maneira.

Engulo em seco a próxima respiração, e não é nada calmante. Forço as próximas palavras a saírem. — Não vá.

Ela engole em seco, e seu olhar cai para o meu peito. — Eu... meio que tenho que ir.

— O que você quer dizer? Estou lhe dizendo, a situação do perseguidor acabou. — Mais uma vez, forço-me a dizer as palavras que nunca consegui dizer aos meus pais. — Quero que você fique. Comigo. Sei que estamos namorando há apenas...

— Menos de uma semana. — Ela respira fundo. — É muito cedo para um passo como morarmos juntos. Mas o mais importante, eu... aceitei uma oferta de emprego. Em Nova York.

Um disco batendo no meu estômago seria menos doloroso do que isso. — Você fez o quê?

Ela dá um passo para trás. — Achei que você tinha terminado comigo. Achei que você odiava minha família. E este é um trabalho que eu sempre quis.

— Que trabalho?

Enquanto ela explica, sinto náusea chegando, sem dúvida fiquei enjoado de dirigir como um maníaco.

— Entendo — digo quando ela me lembra que o show de ratos é seu sonho desde que ela consegue se lembrar. Meu tom é vazio quando digo: — Nesse caso, você deve ir embora. Agora.

Ela passa correndo por mim e entra em um Uber parado.

Minha náusea piora enquanto vejo o Uber se afastar e desaparecer de vista.

Virando-me para a porta da frente, bato meu punho nela, repetidamente, até que a madeira estala e a dor nos meus dedos me distrai da turbulência em minha mente.

O alívio é curto, no entanto.

Logo me lembro do idiota que fui.

Por que pedi para ela ficar? Por que pensei que faria a mínima diferença?

Eu deveria ter pensado melhor. Ninguém nunca ficou por mim.

Nem. Uma. Única. Alma.

CAPÍTULO 25
CALLIOPE

C horo o caminho todo até Nova York, o que é estúpido, porque eu deveria estar realmente em êxtase – tinha a oportunidade dos meus sonhos.

Enquanto o táxi me leva do aeroporto para o hotel, meu telefone toca e meu coração traiçoeiro acelera, esperançoso de ouvir a voz de Michael.

Não. É Seraphina.

— Oi — digo, fazendo o meu melhor para soar alegre.

— Michael te encontrou? — ela diz, em vez de uma saudação — Ele voltou para o refeitório e...

— Sim, ele me encontrou. — Por todo o bem que isso fez.

— E? — ela questiona.

— E nós terminamos — digo, lutando contra um soluço.

— Por quê? Ele não explicou? Ele...

— Saiu para tratar de alguns negócios urgentes. Ele me contou. Mas era tarde demais.

— O quê? Por quê?

Respiro fundo. — Tenho uma notícia incrível. Na verdade, deveria ter começado com isso. Consegui um emprego em Nova York. Vou ter meu próprio show de ratos. Como sempre quis.

Pronto. Dizer essas palavras me faz sentir um pouquinho da excitação que eu deveria estar sentindo esse tempo todo.

— Espera. Repete — diz Seraphina — Como isso aconteceu?

Digo a ela, e me sinto uma traidora quando chego à parte em que conheci meu novo empregador durante um evento para o qual Michael me arrastou.

— Isso é incrível — diz Seraphina quando termino —, mas e seu Boo? Por que o término?

Dou de ombros, então percebo que ela não pode me ver. — Ele queria que eu fosse morar com ele. Este trabalho significa que não posso.

— Mas você já tinha se mudado — diz ela.

— Aquilo foi para proteção. Isso teria sido de verdade.

— E você disse não?

Mordo meu lábio. — Eu disse. Por causa do trabalho.

— Então... vocês vão ter um relacionamento à distância, certo? — ela insiste — Ou algo assim?

— Acho que não — Dada a expressão dele quando eu saí, duvido que ele volte a falar comigo. — E é para o melhor, na verdade. Eu sei que ele não foi embora por causa da nossa família, mas aposto que ele nos odiava, de qualquer maneira — Como todos os caras antes.

— Errado — diz Seraphina — Ele me disse que amava nossa família. Disse algo do tipo que gosta de como todos nós nos importamos uns com os outros. — Ela faz uma pausa. — Tem certeza de que não está projetando problemas com todos os seus ex nele?

Estreito os olhos para o telefone. — Por que você está do lado dele?

— O quê? Não estou.

— Por que não me parabeniza por conseguir o emprego? Por que não me diz que estou melhor sem ele? Por que não...

— Olha, não sou eu com quem você está brava — diz Seraphina.

— Não me diga com quem ficar brava.

— Quer saber? Essa conversa acabou — diz Seraphina — Me ligue quando estiver pronta para se desculpar.

Estou prestes a contra-atacar com algo parecido com o que aconteceu em um dia frio no inferno, mas ela já desligou na minha cara.

Babaca.

Eu fumego todo o caminho até o hotel, então, me arrasto para fora do meu estado depressivo ensaiando um show de verdade com meus ratos – uma atividade que me faz sentir um pouquinho melhor. Mas não tanto.

No dia seguinte, a primeira coisa que faço é ligar

para Linda do RH, mas então lembro que é sábado e desligo. Para meu choque, ela me liga de volta, então peço desculpas profusamente pelo aviso em cima da hora e peço demissão.

— Isso nos poupa de fazer uma escolha difícil — diz ela.

— Ah?

— Ted está de volta — diz ela — Acontece que faltar ao trabalho estava além do controle dele.

Ah. Certo. Então essa parte da história maluca de Michael é verdade.

— Ótimo — digo — Que bom que você não precisa me demitir.

— Eu não disse que íamos — diz ela — Você nos fez um grande favor com o negócio de 'Honey e Boo Boo', então...

— Isso também acabou — digo.

Não tem como Michael fingir estar comigo, e vice-versa.

— O RP ficará desapontado, mas eu entendo completamente. — Linda diz — Boa sorte para você com seus empreendimentos futuros.

Agradeço a ela e desligo, de alguma forma ainda me sentindo culpada por abandonar o time de hóquei desse jeito. Sem adeus ao Treinador. Sem sayonara para Dante ou qualquer um dos outros.

Merda. Eu nem contei aos meus pais sobre minha mudança – embora contar a Seraphina signifique que eles já sabem. Minha irmã é como uma internet Klaunbut.

Ainda assim, ligo para contar a eles oficialmente, e meu coração aperta quando eles me dizem o quão felizes estão por mim.

— Tão triste pelo Michael — diz mamãe quando eu estava prestes a contar a ela sobre essa parte. — Sua irmã nos contou que vocês terminaram.

— Sim — diz papai —, eu gostei muito mais dele do que do Qual-é-o-nome-do-cara.

Qual-é-o-nome-do-cara é como todos chamam a maioria dos meus outros ex, e acho que é porque a antipatia era mútua nesses casos.

— Eu tenho que ir — digo, não pronta para discutir sobre Michael.

— Claro — diz mamãe — 'Quebre uma perna'.

Desligo com um sorriso, que se transforma em uma carranca enquanto verifico meu telefone para quaisquer chamadas, mensagens de texto ou e-mails de Michael.

Não há nenhum.

Exatamente como eu pensava. Acabou. Nunca mais vou ouvir falar dele.

Seraphina estava certa? É verdade que todos os namorados que já tive me largaram depois de conhecer minha família. Terminei tudo com Michael tão rápido porque estava com medo de que acontecesse de novo, não importa o que ele dissesse sobre gostar da minha família e querer que eu ficasse?

Não. Fiz o que tinha que fazer. Ele os conheceu apenas uma vez e nem ficou para o jantar inteiro.

Quem sabe o que teria acontecido se tivéssemos continuado com nosso relacionamento?

Na verdade, eu sei. Ele teria me abandonado, como todos os outros.

Era só uma questão de tempo.

De qualquer forma, meu peito está dolorosamente apertado enquanto vou para o teatro, onde encontro Max me esperando junto com todos os outros da entrevista. Há também um grande grupo de pessoas desconhecidas que acabam sendo funcionários do teatro e suas famílias.

— Temos uma tradição — diz Max — Todo mundo pode ver o primeiro ensaio.

Uau. Bom exercício de construção de equipe, mas estressante para mim.

Eu instalo o projetor, subo no palco e começo com algo fácil: visto os ratos com roupas fofas que estavam esperando por uma ocasião dessas e os faço desfilar como modelos em uma passarela.

Os ratos não parecem se importar com a multidão nos observando, o que é ótimo. O mesmo não pode ser dito de mim. Na verdade, sinto um pouco de medo do palco, embora esse grupo tenha apenas um décimo da capacidade máxima do teatro – sem mencionar que já me apresentei em um circo lotado no passado e fui mascote em um jogo de hóquei lotado.

Acho que o fato de isso ser importante está mexendo com minha cabeça.

Mas, ei. Todo mundo comemora quando o primeiro ato acaba, e isso me dá confiança para prosseguir.

Tenho a sensação de que serei capaz de lidar com uma multidão maior – só vai levar um tempo para me acostumar.

Quando volto para o meu hotel, meu telefone toca. Assim como antes, meu coração salta quando penso que pode ser Michael, apenas para mergulhar em decepção quando vejo que é Seraphina novamente.

— Desculpe — ela diz sem preâmbulos — Eu deveria ter parabenizado você pelo trabalho.

— Não. Sinto muito. Eu sei que você quer o melhor para mim.

— Exatamente.

— E este trabalho é isso — digo, desejando ter tanta certeza quanto estou fingindo ter. Recusando-me a ceder ao meu mal-estar, conto a ela sobre meu primeiro ensaio, incluindo o medo inesperado do palco.

— Sim, eu não me preocuparia com isso — ela diz — Você é uma Klaunbut. Não importa o quão lotado esteja o circo, podemos engolir espadas e enfiar nossas cabeças na boca de um leão. O que é uma pequena apresentação de rato comparada a isso?

CAPÍTULO 26
CALLIOPE

No mês seguinte – não algumas semanas, como Max esperava – meus ratos e eu estamos tão ocupados nos preparando para nosso primeiro show de verdade que mal tenho tempo para ficar deprimida. Ou seja, eu só choro por uma ou duas horas por dia, verifico meu telefone para ver se há alguma comunicação de Michael a cada hora e vejo montagens mentais de nós dois nos beijando sob os pretextos mais ridículos, como quando vejo duas pombas sentadas juntas em um galho de árvore. Ou quando vejo qualquer tipo de pássaro fazendo qualquer coisa, até mesmo defecando em carros.

Quando meu primeiro show está prestes a estrear, mal sinto medo do palco, o que é ótimo. Os ratos são fenomenais durante a apresentação, especialmente com a sequência do monociclo. Depois que o show acaba, a multidão realmente se levanta para nos dar uma ovação de pé.

Enquanto faço minha reverência, quero me chutar por não aproveitar totalmente esse momento culminante da minha vida. Mais do que tudo, quero que Michael esteja naquela multidão. Quero que ele me abrace depois. Quero que ele...

Percebendo que fiquei curvada depois que a cortina desceu, eu me estico, dou guloseimas incríveis para meus pequenos e depois vou me encontrar com minha família, que voou para o show e sentou na primeira fila.

— Então — Seraphina diz quando estamos sozinhas —, quão ruim foi o medo do palco?

— Nada mal — digo a ela — Vá em frente e diga 'eu avisei'.

— Eu avisei. — Ela sorri loucamente, mas então sua expressão fica séria. — Você teve notícias dele?

Não preciso que ela explique quem é "ele" neste cenário.

— Não. E eu não esperava. — Eu esperei. E rezei, mas...

— Você ligou para ele? — ela pergunta.

Eu franzo a testa. — Por que eu ligaria?

— Hum, porque foi você quem o deixou?

Meu peito aperta. — Eu fiz o que tinha que fazer.

— Mesmo? Por quê? Você sequer considerou a possibilidade de um relacionamento à distância?

A verdade é que não. Pelo menos não no momento em que Michael me pediu para ficar. Poucos minutos antes, eu tinha tanta certeza de que ele tinha me largado pelos motivos de sempre que não conseguia processar completamente o fato de que ele não tinha feito isso. É como se minhas engrenagens mentais tivessem travado, e a única coisa em que eu conseguia pensar era que todos os outros namorados tinham me largado.

— Você deveria ligar para ele — Seraphina afirma quando eu permaneço em silêncio.

Eu engulo em seco. — Eu não acho que eu conseguiria suportar se ele não atendesse. — O que ele não vai.

Ela franze a testa. — Por que ele não atenderia?

— Por que ele não *me* ligou?

— Porque você foi quem o deixou — ela repete.

Maldita ela e seus pontos corretos estúpidos. Eu sei que ela está certa. Michael me pediu para ficar. Ele disse que gostava da minha família, mas eu realmente não acreditei nele.

Por que não acreditei?

Foi porque todos os meus outros namorados me abandonaram assim que conheceram minha família estranha?

Ou... talvez nunca tenha sido minha família que eles acharam estranha.

Talvez o que realmente me assustou foi a ideia de que a estranheza da qual eles fugiam era eu.

— Seraphina... — Minha voz falha. — Acho que estraguei tudo. Como você disse, ele gostou da nossa família, e ele provou isso me pedindo para morar com ele. Me pedindo para ficar. E o que eu fiz? Eu fui embora. Eu nem tentei...

Ela coloca a mão no meu ombro. — Você gostaria de ter ficado?

Engulo o nó na garganta. — Sim. Não. Talvez. Você viu o show. Eu tinha que vir aqui. Mas eu queria que não tivéssemos brigado antes de eu ir embora. Eu queria que tivéssemos decidido fazer dar certo. Quer dizer, eu poderia ter voado para a Flórida para vê-lo de vez em quando, e ele poderia ter voado para Nova York para me ver.

Naquele momento, meu irmão se junta a nós, então, não podemos continuar falando sobre isso.

No entanto, essa conversa fermenta em minha mente pelo resto da noite. Na manhã seguinte, acordo cansada e triste, mas com uma epifania.

Não posso mais continuar assim.

Tenho que tentar consertar as coisas com Michael, e se ele me disser para ir me foder, esse é um preço que terei que pagar – mas pelo menos saberei que tentei.

CAPÍTULO 27
MICHAEL

— Você está se aposentando? — Dante tira sua máscara de goleiro, cegando a todos com a palidez de sua pele. — Depois de todo aquele treino pesado?

O resto do time parece igualmente chocado, e eu posso entender o porquê. Ultimamente, tenho sido uma fera no gelo, mas era a única maneira de tirar minha mente de Calliope. Isso, e eu estava fazendo um favor ao Treinador ao preparar o time antes de partir.

— Estou cada vez mais focado na minha fundação — explico — e a próxima fase exigirá que eu viaje por todo o lado.

— 'Por todo o lado' inclui Nova York, certo? — Dante pergunta com uma piscadela. — Afinal, é onde Tugev, quero dizer, seu maior doador, reside.

— Exatamente — A provocação de Dante sobre Tugev não funciona porque não vejo mais aquele idiota superconfiante como um inimigo. É quase o oposto, na verdade, graças a um número surpreendente de coisas que descobrimos ter em comum.

— Se me permite — O Treinador me dá um tapinha no ombro. —, você fará falta aqui, Michael.

— Certamente não será o mesmo sem você — diz Isaac, e eu posso dizer que o que ele quer dizer é: "Será muito mais fácil para mim atuar no meu papel de capitão sem um babaca como você me minando a cada passo."

— Sim — vários jogadores dizem em uníssono.

— E você não pode ir embora até que tomemos algumas bebidas para nos despedirmos — acrescenta o Treinador.

Essa ideia é recebida com aplausos por todos os lados.

Caralho. Em algum momento, esses babacas pararam de me odiar tanto quanto antes, e acho que quase consigo suportar tê-los por perto. Caramba, talvez eu até tenha que visitar esse buraco de vez em quando – simplesmente porque eles são todos idiotas sentimentais.

— Posso falar com você em particular? — pergunta Dante, parecendo mais sério.

Eu saio patinando e, quando estamos fora do alcance da voz de todos, ele pergunta: — Quando estiver na Big Apple, você planeja visitar um determinado teatro?

Dou a ele um olhar tão cruel que ele consegue ficar mais pálido, o que eu não achava possível, mas aqui estamos. — Pau no cu.

— Tudo bem. Não é da minha conta. Eu entendo.

Ele patina para longe, seus ombros curvados. De qualquer forma, eu quero persegui-lo e socar seus rins por colocar o pensamento de volta na minha cabeça.

Não que ele não esteja lá há mais de um mês, como um disco quebrado. Não importa o quanto eu tenha trabalhado duro no gelo ou quanto progresso eu tenha feito com a fundação, pensamentos traiçoeiros de "e se" continuam surgindo, como uma farpa de um taco de hóquei barato.

E se eu tivesse saído daquele jantar mais educadamente? E se eu tivesse me humilhado um pouco mais antes de ela ir embora?

Porra... e se eu ligasse para ela agora? Escrevesse para ela? Visitasse?

Esses últimos três são assassinos, e precisei de toda a minha força de vontade para não ceder à tentação de entrar em contato... e, ultimamente, esqueci por que resisto tanto.

Eu sou um masoquista de merda?

Meu telefone toca.

Oh, merda. É o cara que contratei de um site de freelancers.

Eu saio do gelo, sento em um banco e debato se devo assistir ao vídeo que encomendei. Um vídeo que provavelmente tornará os "e se" infinitamente piores.

Porra. Quem estou enganando? Minha porra de desculpa para força de vontade é inútil. Se não fosse, eu não teria contratado o cara, em primeiro lugar.

Então, eu assisto ao vídeo do primeiro show de

Calliope e estou feliz por estar sentado – e por estar longe dos meus companheiros de equipe idiotas. Se meus olhos estiverem marejados no final – e eles não estão de jeito nenhum –, a última coisa que quero é ter que matar alguém por me provocar.

Calliope foi magnífica. Ela e seus ratos. E foi o primeiro show. Só vai melhorar daqui para frente. Para ser honesto, eu não conseguia imaginar que os ratos pudessem ser tão divertidos, mas eles foram, especialmente enquanto jogavam seu joguinho de futebol, que ficou muito mais sofisticado desde a última vez que o vi sendo apresentado.

Caralho. Eu sou totalmente masoquista. Toda a dor que senti quando ela foi embora – voltou com força total. Assim como o desejo desesperado de entrar em contato com ela, ou ir atrás dela, ou...

Quer saber? Foda-se. Não aguento mais essa merda.

Vou ligar para ela, e se ela me mandar para o inferno, que assim seja. Duvido que eu possa me sentir pior do que me senti esse tempo todo sem ela.

Com o coração martelando violentamente no meu peito, disco o número dela – e ouço um telefone tocar perto da entrada do rinque. O toque é *The Hockey Song*, de Stompin' Tom Connors.

Estranho.

Enquanto espero ela atender, o toque continua. Meu peito aperta quando recebo sua mensagem de voz.

Porra.

Desligo e ligo para ela novamente, apenas para ouvir o mesmo toque bem atrás de mim.

Não.

Não pode ser.

Levantando-me, viro-me e franzo a testa.

O som vem de uma pessoa usando o traje de mascote de outro time – ou pelo menos acho que é isso. Mas qual time tem um pássaro amarelo como mascote? Ele tem uma cabeça gigante, olhos enormes e pés laranja de palhaço.

Mas espere.

No ombro do pássaro... isso é um rato?

— Calliope? — exclamo.

A resposta da pessoa do pássaro é abafada, então, não tenho certeza se é ela, mas dou um passo à frente mesmo assim.

O pássaro amarelo levanta os braços e arranca a cabeça gigante, revelando o lindo rosto de Calliope.

Fico boquiaberto para ela. Isso é um sonho? — Eu estava ligando para você — Mostro meu telefone para ela, como um idiota.

— Eu vi — ela diz, sorrindo —, mas eu não queria estragar isso — Ela orgulhosamente exibe a cabeça da mascote.

— *Isso* é o quê? — Consigo perguntar, embora o que eu realmente queira seja pegá-la em meus braços e beijá-la até a morte.

Calliope franze a testa. — Não é óbvio?

— Não? — Olho para Wolfgang, esperando que ele possa me ajudar, mas tudo o que recebo em resposta é um chilrear de rato.

— Eu sou um canário — ela diz —, tipo, um *pássaro*.

— Certo... — Acho que até reconheço esse pássaro em particular agora. Estava em um desenho animado, e havia um gato que queria...

— Eu sou seu passarinho — ela diz rispidamente — e você gosta de pássaros. Então, como meu grande gesto, usei minhas antigas conexões de parques temáticos para me vestir como Piu-Piu, que é o 'passarinho' por excelência.

Oh. — Isso é um grande gesto? — Meu batimento cardíaco acelera. — Como... você me querer de volta?

Ela assente solenemente. — Se você me quiser. Se você me perdoar. — Ela respira fundo — Sinto muito pela forma como fui embora. Eu tinha tanta certeza de que você tinha fugido da minha família quando saiu naquele jantar, e mesmo depois de descobrir que não tinha, eu simplesmente não conseguia mudar de ideia rápido o suficiente. Todos os meus ex-namorados me abandonaram depois de conhecer minha família, e eu tinha tanta certeza de que você faria o mesmo que não conseguia acreditar totalmente na verdade quando você me contou.

— Calliope, eu amei sua fam...

— Não, escuta — Ela respira fundo novamente. — Eu percebi que não era realmente minha família que eu tinha medo que você achasse muito estranho. Assim como, agora que penso nisso, meus ex-namorados não me abandonaram por causa dela. Quer dizer, Voldemort acariciando sua cobra durante o jantar pode ter sido a gota d'água, mas a realidade é que eles me abandonaram por *minha* causa. Porque eu sou a estranha. Eu provavelmente sou a mais Klaunbut de todos nós, com meus ratos e meu cabelo e...

Eu pego a mão dela na minha. — Eu amo seus ratos. E seu cabelo. E todos os seus parentes maravilhosamente estranhos — Quero dizer, que porra ela está fumando? Ela e todo o seu clã são incríveis. De forma rude, eu digo: — E eu sou o único que pede desculpas. Eu não deveria ter deixado aquele jantar tão importante com sua família tão abruptamente quanto eu fiz. Se...

— Pare — Ela aperta minha mão. — Você não precisa dizer mais nada.

— Nesse caso... — Eu paro de falar e a beijo ferozmente, desesperado para compensar todo o tempo que ficamos separados.

Há assobios irritantes à distância, e até palmas.

Caralho. Eu esqueci dos meus companheiros de equipe idiotas.

Calliope se afasta, olha para o gelo e cora.

— Nos deixem em paz! — rosno — Ou sofram as consequências.

Para minha surpresa, eles *vão* embora, mas riem entre si enquanto vão, provavelmente às nossas custas.

— Desculpe por eles — digo timidamente — Onde estávamos?

Ela umedece os lábios rosados e inchados de beijo. — Acho que nós que deveríamos ter ido embora, não eles... para podermos encontrar uma cama.

E assim, de repente, estou mais duro do que nunca na minha vida. Mas... — Há algo que preciso te contar.

Algo que eu deveria ter dito naquela noite. Algo que pode bagunçar as coisas de novo, mas se...

— O que é? — Ela joga a cabeça de Piu-Piu no chão.

É isso. Estou tendo uma segunda chance no maior "e se" que tem me atormentado todo esse tempo.

Eu seguro o rosto de Calliope em minhas palmas. — Eu te amo, *ptichka* — Olho profundamente em seus olhos. — Comecei a me apaixonar por você quando você tirou a cabeça daquele urso, e vi seus olhos verdes e cabelo rosa pela primeira vez. Então, me apaixonei um pouco mais quando você tirou as luvas, e vi suas unhas brilhantes. E mais fundo ainda quando vi o rato em...

— Já posso responder? — ela diz com um mau humor fingido, mas seus olhos brilham de felicidade. Pelo menos, espero que seja isso que eu veja.

Eu assinto.

— Eu também te amo — ela diz sem fôlego — Você é o pato para a minha pata e o pombo para a minha rola.

Meu peito está brilhando? Porque é assim que parece. — Sabe, patos não são os pássaros mais românticos para usar em sua declaração de amor — Não posso deixar de apontar — Eles não acasalam para o resto da vida, e fazem sexo muito agressivo — Sem mencionar um fato ainda menos romântico: o pau do pato drake tem o formato de saca-rolhas — Ah, e uma rola não é uma pomba, o que você pareceu sugerir. Eles não são o mesmo animal, mas são tecnicamente da mesma família Columbidae.

Ela revira os olhos. — Eu te amo apesar do que você acabou de dizer. Eu te amo como se eu fosse... — Ela faz uma pausa, procurando por palavras — Como se eu fosse o disco para o seu taco.

E em resposta a essa analogia brilhante, eu a beijo novamente.

EPÍLOGO

CALLIOPE

— O brigada — digo aos estonianos que aplaudem, na própria – embora hesitante – língua — E, por favor, no futuro, espero que vocês consigam encontrar em seus corações a capacidade de tratar os ratos com gentileza.

Com isso, a cortina desce e dou a todos os meus ratos suas guloseimas, especialmente Lenin, que acabou de executar uma rotina de caminhada na corda bamba quase tão bem quanto minha avó faria.

Tovarisch, não acredito que você me trouxe para um país que ousa prosperar depois de abandonar a glória que era a União Soviética.

Reunindo minhas coisas, vou para os bastidores, onde encontro alguns dos VIPs e dou a eles meu autógrafo, algo que tenho sido cada vez mais solicitada ultimamente.

Quando as sessões de autógrafos terminam, aproximo-me de Michael e de um grupo de crianças com quem ele está, crianças que estão prestes a começar uma carreira em um esporte de sua escolha, graças à fundação cada vez maior de Michael.

— Crianças, conheçam minha esposa, Calliope — diz Michael com orgulho — Calliope, conheça as crianças — Ele provavelmente diz a mesma coisa em russo, que é a língua minoritária mais popular neste país.

Usando Michael como intérprete, aprendo todos os seus nomes enquanto eles me contam o quanto amaram o show.

Quando os gêmeos – também conhecidos como duas das minhas pessoas favoritas no mundo inteiro – se juntam a nós nos bastidores, Michael sorri para eles e diz: — Estes são nossos filhos, Sasha e Filipp — Assim como antes, ele repete tudo em russo.

Seus protegidos olham para os gêmeos com curiosidade descarada, e uma garota me diz algo em russo que Michael traduz como: "Você parece muito jovem para ser mãe de crianças tão grandes."

Isso não é verdade. Os gêmeos têm nove anos, então, eu poderia ter dado à luz a eles... em teoria.

Michael faz um monólogo inteiro em russo, um onde ele provavelmente explica que Sasha e Filipp são irmão e irmã biológicos, e que os conhecemos em um orfanato russo e os adotamos logo depois.

Espero que ele faça o que eu pedi e pule a parte em que sua fundação não pôde ajudar os gêmeos porque eles não praticavam nenhum esporte. E que a história deles foi particularmente de cortar o coração: seus pais eram bombeiros que morreram no cumprimento do dever. E como os gêmeos foram intimidados no orfanato porque eles (principalmente Sasha) tinham um rato de estimação, Lariska, que agora também faz parte da nossa casa.

— Mãe — diz Sasha —, posso mostrar nossos ratos a eles?

Eu sorrio. — Claro, querida.

Sasha fala para seus novos amigos em russo e sai correndo, seu irmão e as outras crianças em seu encalço.

Michael diz a um de seus funcionários para ficar de olho nas crianças, e então ele me pergunta o que eu achei do local.

— Foi incrível — digo — Diga a Mason – quero dizer, 'Tugev' – que devo a ele um grande agradecimento por sugerir que fizéssemos um tour por sua terra natal.

— Eu não farei tal coisa — Michael rosna — O ego do filho da puta já é gigantesco; eu me recuso a alimentá-lo mais.

Hmm. Falando em coisas ficando gigantescas…

— Boo — digo timidamente —, tem algo que eu queria te dizer.

Ele inclina a cabeça. — Alguém mais na sua família quer adotar?

Essa é uma pergunta legítima porque vários dos meus parentes seguiram nosso exemplo e deram um lar para algumas das crianças que a fundação de Michael não conseguiu ajudar. Sem mencionar que minha família como um todo adotou Michael completamente com tanto entusiasmo que você pensaria que jogar hóquei – ou me dar orgasmos – era uma das principais habilidades do circo.

— Não — respondo —, mas você quase acertou. Isso tem a ver com um aumento na nossa família — Eu coloco minha mão direita sobre minha barriga, por enquanto, lisa. — Eu sou oficialmente uma sala VIP para um híbrido do tamanho de um feijão entre a bunda de um palhaço e um urso.

Merda. Eu não deveria ter feito a piada do urso em um momento crítico como esse. Depois que assumi o sobrenome Medvedev, decretei que tenho permissão para fazer piadas de urso em vez das sobre palhaços e bundas, e Michael tem sorrido quando ouve algumas delas, mas...

Michael me agarra em um abraço de urso e resmunga animadamente em meu ouvido em uma mistura de inglês e russo.

Quando ele finalmente me solta, seus olhos brilham. — Não pensei que pudesse me sentir *tão* feliz com a notícia. Obrigado, *ptichka.*

— Obrigado? — Reviro os olhos. — Guarde os agradecimentos para depois que o feijão – que será do tamanho de uma abóbora pequena – sair da minha pantera cor-de-rosa.

Ele assente gravemente. — Agradecerei quando isso acontecer. E agradecerei agora. E agradecerei a cada passo do caminho.

Meus lábios se curvam. — O melhor agradecimento seria uma massagem nos pés.

— Considere feito.

Eu sorrio. — Que tal *vareniki* caseiro com cogumelos?

— Eu os farei sempre que você tiver vontade — Ele promete. — Outros recheios também.

— Falando em recheio — digo —, tem mais uma coisa.

Ele arqueia uma sobrancelha. — Sim?

— Em um de seus muitos falatórios, minha mãe me disse que todas as mulheres da nossa família têm um desejo sexual aumentado enquanto estão grávidas.

Suas narinas se dilatam. — Aumentado? Além do que é agora?

Eu soco levemente seu peito. — Se isso acontecer, eu quero que você...

— Faça você gozar, repetidamente — ele diz roucamente — e então, gozar um pouco mais.

— Isso parece bom — digo sem fôlego — Vamos combinar isso — Eu estendo minha mão.

Ele pega a mão estendida e a acaricia gentilmente. — Tenho uma ideia melhor. — Ele me puxa para perto e sussurra: — Que tal irmos para o seu camarim e começarmos com toda essa gratidão?

Aperto sua mão com força. — Achei que você nunca pediria.

Com isso, nos isolamos, tiramos nossas roupas e Michael começa a demonstrar para mim o tipo de cuidado que posso esperar pelo resto da gravidez.

E pelo resto da minha vida.

AGRADECIMENTOS

Obrigado por fazer parte da aventura de Calliope e Michael! Certifique-se de nunca mais perder um lançamento, inscreva-se na newsletter em www.mishabell.com/pt.

Se você quer mais histórias de Misha Bell, vire a página e leia trechos de outros livros hilários!

TRECHO DE BILIONÁRIO INSISTENTE

Sophia

Herdar inesperadamente uma fortuna deveria ter feito com que meus problemas desaparecessem, mas não, tenho três novos e enormes: duas tartarugas gigantes e um jogador de hóquei tão talentoso quanto insistente. Ele teria sido um ótimo viking se não tivesse nascido no século errado.

Ele quer comprar meu time de hóquei, não aceita um 'não' como resposta e está disposto a fazer qualquer coisa para conseguir o que quer... não importa o quão sujo ele tenha que jogar.

Mason

Tudo que eu queria era comprar meu time, mas o que deveria ser uma simples transação comercial ficou complicado rapidamente – e tudo porque eu acidentalmente insultei uma mulher que acabou por ser a nova proprietária... e uma força da natureza. Agora, tenho que colocar em prática um plano ousado para fazê-la mudar de ideia, quando, ao que parece, sou eu quem está na dúvida.

Ainda quero o time ou quero mais a dona do time?

———

Ainda atordoada, examino os arredores.

Há dois homens esperando aqui: um corpulento e bigodudo lendo uma revista e brincando com os botões da gola da camisa, e um espécime alto, taciturno e de ombros largos que segura o telefone com força.

Oh, rapaz.

Aquele aperto.

Isso de novo não.

Mas sim. Lá vou eu, ficando molhada, com calor e incomodada com a simples visão disso.

O que há de errado comigo? Você pensaria que depois de tudo o que passei naquele escritório, momentos sensuais seriam a última coisa em minha mente, mas parece que a coisa estúpida do punho nunca é desligada.

Na verdade, sou uma pessoa pacífica – uma pacifista, na verdade – e não sou particularmente excêntrica, pelo que posso dizer, então, não tenho ideia de por que a visão do punho de um homem faz comigo o que o Viagra faria com um adolescente com tesão.

Ah, e o punho preso a um homem lindo como esse torna a situação infinitamente pior.

O cara tem olhos cinzentos penetrantes, um nariz forte – embora já quebrado –, uma mandíbula poderosa e cílios pelos quais eu venderia minha alma. E, por alguma razão, ele está vestindo um agasalho, o que devia fazê-lo parecer um rapper ou mafioso da velha escola. Aos meus olhos, porém, ele se parece com um viking. Talvez seja o cabelo loiro comprido? Ou a ferocidade que ele exala?

Se fizermos perguntas aleatórias, como a atração realmente funciona? "Ser gostoso" é objetivo ou subjetivo? Todos nós podemos escolher quem consideramos "gostoso" ou essa é apenas outra maneira de formular a questão sobre o livre arbítrio?

Que seja. Eu engulo o excesso de líquido em minha boca e desejo que houvesse um equivalente na boceta para engolir. Assim como acontece com os punhos, apesar de detestar a violência e tudo o mais que os vikings representam, considero-os infinitamente fascinantes. E não tenho orgulho disso, mas às vezes fantasio sobre como seria rolar no feno com um... gritando o nome de Odin enquanto tenho um orgasmo.

Tudo bem, talvez eu tenha uma tara. Ou duas.

— Este é o escritório do meu advogado também — Rosna o viking sexy. — Um perseguidor esperaria dentro do apartamento dela.

Quem é essa "ela" e por que sinto ciúme?

— Oh, por favor — O viking responde a tudo o que

ouve do outro lado da linha, seus olhos cinzentos brilhando como aço. — Ela o evitou todos esses anos, mas assim que ele ficou doente, lá estava ela.

Espere um segundo. É minha consciência culpada falando ou ele está...

— Você acha que ela estava interessada na reconciliação? — Ele continua. — De jeito nenhum. Ela nem foi ao funeral dele.

Caralho. O bruto *está* falando de mim. Mas...

— Tudo o que ela queria era o dinheiro, como um abutre caçador de ouro.

Um suspiro escapa dos meus lábios e todos os vestígios de excitação evaporam, deixando-me mais seca que uma ameixa seca no deserto.

O idiota do viking faz contato visual comigo, e uma montanha-russa de emoções passa por suas feições, nenhuma delas culpa pelo que ele disse.

Principalmente, ele parece desapontado por ter sido pego.

Agindo por puro instinto, diminuo a distância entre nós, cutuco seu peito largo com o dedo indicador e sibilo: — Como ousa?

———

Bilionário Insistente está disponível. Visite nossa página www.mishabell.com/pt para saber mais.

TRECHO DE UMA BABÁ PARA O BILIONÁRIO

Lilly

Uma oportunidade única de poder arrasar com o bilionário que tomou a casa dos meus pais? Sim, por favor! O idiota ganancioso e arrogante pensa que estou aqui para uma entrevista de emprego como treinadora de cães (mais conhecido como babá), mas ele não perde por esperar.

E daí que Bruce Roxford é alto, musculoso e bonito? Nada vai me impedir de dizer a ele o que penso – nem mesmo seu adorável cachorrinho Chihuahua, a quantia insana que ele está oferecendo pelo trabalho ou seus lindos e profundos olhos azuis...

Junte tudo isso? Estou em apuros.

Bruce

Lilly Johnson está cinco minutos atrasada para nossa

entrevista agendada e nunca contratei um funcionário atrasado. Mas antes que eu possa mandá-la embora, meu cachorro Chihuahua se apaixona por ela.

Sim, apenas o Chihuahua.

Esta mulher é pouco profissional, difícil, sarcástica... e por alguma razão, impossível de eu tirar da minha mente.

Então, é claro, eu a contratei como treinadora do meu cão. O quão ruim essa ideia pode ser?

———

Como diabos ele é tão gostoso? Tudo sobre Bruce Roxford é frio como gelo, desde seus olhos azuis árticos até a carranca glacial em seus lábios. Até mesmo seu cabelo escuro e penteado para trás tem um brilho frio azul-escuro, em vez dos habituais tons castanhos quentes.

— Sim? — Ele pergunta imperativo, intencionalmente não abrindo mais a porta da frente.

Por que ele está agindo como se seu pessoal de segurança não tivesse anunciado quem eu era? Sem mencionar que temos hora marcada – e não é como se houvesse pessoas aleatórias entrando e saindo de sua enorme propriedade.

Fazendo o possível para não tremer com o frio que ele exala, digo: — Sou Lilly Johnson.

Sem resposta.

— A treinadora de cães.

Silêncio.

— Estou aqui para uma entrevista com Bruce Roxford?

O que não digo é que a entrevista é apenas um pretexto para dar uma bronca no desgraçado sem coração. O banco dele tomou minha casa de infância, então, quando vi seu anúncio procurando alguém na minha área, eu sabia que era o destino.

Talvez eu devesse xingá-lo agora?

Não. Ele bateria a porta na minha cara e mandaria seu segurança me escoltar para fora do local. Preciso tê-lo como público cativo. Antes de vê-lo pessoalmente, pensei em nos trancar em um cômodo e ler a nota que redigi cuidadosamente para a ocasião. Dessa forma, não esqueceria nenhum insulto ou acusação. No entanto, agora que estou cara a cara com esse enorme espécime masculino de ombros largos, tenho menos certeza de estar sozinha com ele, especialmente em uma situação hostil.

Ele levanta o braço musculoso na frente do rosto e franze a testa para o relógio A. Lange & Sohne. — Você está atrasada. Adeus.

As palavras me atingem como fragmentos de granizo.

— Atrasada cinco minutos — Retruco, orgulhosa de como minha voz está firme. — Tinha trânsito e...

— O trânsito é um fato tão previsível quanto os impostos. — Ele começa a fechar a porta na minha cara.

Eu inalo uma grande respiração. Não há tempo para ler todo o meu discurso. Uma versão rápida terá que ser suficiente.

Antes que eu possa soltar qualquer veneno, um borrão de penugem preta sai da pequena lasca entre a porta e sua moldura.

Um porquinho-da-índia?

Não. Está abanando o rabo e lambendo meus sapatos.

Oh, certo. É um cachorrinho – o que faz sentido pelo anúncio.

Meu coração salta. Este é um Chihuahua de pelos compridos – e lindo, com uma pelagem sedosa preta como breu, pelo branco no peito, uma cara que me lembra um pequeno urso e manchas marrons acima de seus olhos que parecem sobrancelhas curiosas. Melhor ainda, a falta de latidos e mordidas no tornozelo até agora me faz pensar que este pode ser o membro mais amigável desta raça em particular.

Eu me agacho e acaricio seu pelo celestial. — Olá. Quem é você?

O cachorrinho cai, revelando que ele é um bom *menino*, ao contrário de uma menina.

Uma dor agridoce aperta meu peito enquanto coço sua barriga lisa. Já se passaram cinco anos desde que perdi Roach, o amor canino da minha vida, e ele também era um Chihuahua – apenas muito maior, menos amigável com estranhos e com uma pelagem lisa.

Até hoje, sempre que me deparo com um novo

membro desta raça, um toque de tristeza mancha a alegria de conhecer um cachorro. Felizmente, por serem pequenos, poucas pessoas treinam Chihuahuas formalmente, então, nunca perdi um cliente por causa disso. De qualquer forma, a alegria vence rapidamente quando movo meus dedos para coçar o peito fofo do filhote, e ele começa a parecer um usuário de heroína.

— Você gosta disso, não, querido? — Sussurro.

Como sempre, minha imaginação me fornece a resposta do cachorro – que, por alguma razão desconhecida, é falada na voz impossivelmente profunda de James Earl Jones, também conhecido como Darth Vader:

Se eu gosto de massagens na barriga? Isso é como perguntar se eu gosto de uivar para a lua. Ou lamber minhas bolas. Ou comer um...

Em algum lugar bem acima de mim, ouço alguém soltar um suspiro exasperado.

Ah, merda. Esqueci onde estou. É uma ocorrência comum quando os cães estão envolvidos.

Endireitando-me em toda a minha altura (que, admito, mal chega a um metro e meio), olho desafiadoramente para os olhos azuis de meu inimigo – que parecem mais amplos agora, como buracos de pesca em um lago gelado.

— Como você fez isso? — Ele pergunta.

Nervosa, coloco uma mecha de cabelo atrás da orelha. — Fiz o quê?

Ele gesticula para o Chihuahua abanando o rabo. — Colosso nunca é amigável. Com ninguém.

Então talvez ele *seja* típico de sua raça. Eu sorrio, incapaz de me conter.

— Colosso? Quanto ele pesa, tipo novecentos gramas?

— Um quilo e duzentos — diz ele, a expressão ainda severa. — Você tem bacon nos bolsos?

Sentindo-me em um julgamento, puxo meus bolsos para mostrar que estão vazios. — Eu nunca alimento cães com bacon. Mesmo os tipos mais seguros têm muita gordura e sódio, para não mencionar outros aromas que...

— OK — Ele interrompe imperiosamente.

Eu pisco para ele. — OK o quê?

— Você está contratada.

———

Uma Babá para o Bilionário está disponível. Visite nossa página www.mishabell.com/pt para saber mais.